KB207167

차원의 문을 지나는 자

이지현 지음

arte

차원의 문을 지나는 자 5

작가의 말 222

메마른 나무의 뿌리 밑으로 개미들만이 소리 없이 지나갔다. 태양의 시선을 빗겨간 작은 구멍이 짙은 어둠을 향해 아가리를 벌렸고 기나긴 세월 동안 끝없이 무언가를 집어삼킨 듯한 괴기스러운 냄새가 흘러 나왔다. 어딘가 머물고 있던 불길한 기운은 어둠과 뒤섞여 살아 있는 듯 꿈틀거렸고 이내 구멍 속으로 빨려 들어갔다.

음습하고 축축하다. 땅이랄 것도 하늘이랄 것도 없다. 거무튀튀한 것이 세상을 뒤덮었다. 땅과 하늘이 서로의 그림자가 되어 공허하게 마주보고 있다. 어둠의 기운이 끝없이 펼쳐져 있는데 살갗을 파고드는 뜨거움은 불길처럼 맹렬히 타올랐다. 열기는 살을 태우다 못해 뼛속까지 스며들었고, 숨을 들이킬 때마다 목구멍을 타고 끈적하게 달라붙었다. 마치 내장마저 녹여버릴 듯, 잔혹하고도 집요한 열기가 몸을 휘감았다.

쓰레기 더미는 산처럼 높이 솟아 있다. 여자가 쓰레기 더미 위를 밟고 올라갔다. 쾌쾌한 악취가 스멀거리며 잿빛 연기로 뜨겁게 달궈져 끝없이 올라왔다. 구역질 나는 냄새는 살아 있는 모든 것에 저주를 퍼부었고 여자는 몸을 부들부들 떨며 쓰레기 더미 위를 다시 조심스럽게 올라갔다.

여자는 자신을 쳐다보는 눈길이 없는지 사방을 두리번거리며 확인하고 나서야 쓰레기를 뒤지기 시작했다. 가는 팔다리에 기아에 시달린 듯 올챙이처럼 배만 튀어나와 있고 두 눈은 퀭하게 시선을 고정시키지 못했다. 그녀는 쓰레기를 뒤지던 자신의 두 손을 한참 노려보다가 괴로워하며 목을 더듬었고 비틀거리며 중심을 잡지 못한 채 쓰레기 더미 위에 주저앉았다.

"이곳은 지옥만큼이나 저주받은 곳이야."

숨을 쉴 때마다 뜨거운 공기가 목구멍을 통과했고 그럴 때마다 고통으로 얼굴이 일그러졌다. 그녀의 목은 너무 가늘어서 바늘 하나를 세워놓은 듯 위태로웠고 커다란 얼굴을 받치고 있는 것이 신기할 정도였다. 숨을 쉴 때마다 가느다란 목구멍으로 뜨거운 공기가 쑤시고 들어왔고 여자는 괴로움으로 얼굴을 찌푸렸다. 그러나 여전히 두 손을 갈퀴처럼 세우고 쓰레기 더미를 뒤적이며 먹을 것을 찾았다.

그녀의 분주한 손이 움직일 때마다 관절들이 서로 부딪치며 소리를 냈고 가끔은 관절끼리의 마찰로 불꽃이 일어날 듯 괴로웠다. 여자는 쓰레기 더미 속에서 음식을 찾을 수 있을 거라는 희망이 얼마나 부질없는가를 생각하며 불현듯 자신을 증오하고 있었다.

갑자기 그녀의 눈이 반짝였다. 쓰레기 더미 안에 더럽지만 쓸 만해 보이는 신발이 눈에 들어왔다. 게다가 온전한 신발이었다. 신발을 신지 않은 그녀의 새까만 맨발이 움찔거렸다. 맨발로 땅을 디딜 때마다 타들어 가는 발바닥의 고통으로 심장까지 조여들 때가 한두 번이 아니었는데 믿을 수 없는 횡재였다. 붉게 충혈된 그녀의 두 눈은 신발을 뺏길지도 모른다는 두려움으로 주위를 경계하고 쉼 없이 두리번거렸다.

'신발이야. 이제 어디든 갈 수 있어.'

그녀는 몸을 웅크린 채 쓰레기의 썩은 냄새가 깊게 배어 있는 신발을 조심스레 꺼냈다. 길게 뻗어 나와 괴기스럽게 굽어 있는 발가락이 미세하게 떨렸고 신발은 그녀의 발에 꼭 들어맞았다.

발바닥에 남아 있던 화상은 이제 더 이상 그녀의 신경을 자극하지 않았다. 그 통증이 사라진 자리에 오히려 묘한 여유가 느껴졌다. 물리적인 고통이 조금은 멀어지자 그녀는 안도의 한숨을 쉬었다. 그러나 얼굴은 오랫동안 씻지 못해 칙칙했고, 눈동자만이 유난히 크고 깊게 움푹 들어가 있었다. 그 두 눈 속엔 어떤 감정도 드러내지 않는 차가움이 묻어 있었다. 그녀는 쓰레기 더미를 미끄러지듯 내려왔고, 발걸음은 불안정했다. 절뚝거리며 발을 내딛을 때마다 어깨 위에 아무렇게나 걸친 넝마옷이 흘러내렸다. 그녀는 그것을 급히 다시 잡아올리며, 어둡고 음산한 거리를 걸어갔다. 거리의 끝은 보이지 않았다. 미로처럼 이어진 길을 따라 걷는 동안, 그녀는 시선을 앞으로만 고정했다.

그녀의 이름은 요하였다. 요하는 매 순간 자신이 왜 이곳에 와 있는지, 왜 지옥 같은 이곳에서 벗어날 수 없는지에 대해 생각했다. 그녀는 언제나 그 답을 찾을 수 없었다. 주위를 둘러봐도 답은 없었고, 그럴 수밖에 없다는 냉정한 현실만이 그녀를 짓눌렀다. '이곳에 왜 와 있는 걸까?' 그 질문은 이제 더 이상 단순한 궁금증이 아니었다. 그것은 그녀의 존재 자체를 흔드는, 고통의 끝없는 울림이었다.

요하가 걸어가는 어둡고 기다란 골목에는 다른 형체들이 뛰어나와 서로를 물어뜯고 싸우며 뜨거운 숨을 힘겹게 쏟아냈다. 날카로운 소음 속에 그들의 괴기스러운 목소리가 가끔 잠기곤 했지만 공기를 찢어내는 비명이 곧바로 골목을 가득 채웠다.

그들은 하나같이 고무풍선처럼 부풀어 오른 배에 가느다란 팔다리를 하고 바늘같이 위태로운 목으로 자신의 커다란 머리통을 지탱하고 있었는데, 다른 아귀들의 머리채를 잡아끌 때는 몸 안의 힘을 다 소모해버릴 만큼 집요하고 필사적이었다. 그들은 아귀이기도 했고 인간이기도 했다. 어쩌면 둘 다 어긋나버린 이상한 존재인지도 모른다.

어쨌든 그들은 인간적인 언어를 가지고 살았고 노인이라던가 그 사람이라는 말들도 사용했다. 놀랍게도 그들은 혈투의 순간에도 이름만 들어본 인간적인 얼굴로 살기를 바라는 것 같았다. 현실에서 그들은 인간이 되지 못한 아귀라고 서로를 규정지었다. 어떤 질문이나 의아함도 없이 그들은 아귀인 채로 아귀가 되어 살아갔다.

뜨거운 공기가 살갗을 다시 후벼팠다. 요하는 그들의 사나운 눈길을 피하려고 얼굴을 넝마로 가리고 조심스레 걸어갔다. 수많은 아귀들이 요하의 신발을 내려다보았고 그들의 눈에는 살기가 가득했다. 요하는 주머니 안에 숨겨놓은 비수를 재빨리 확인했다. 신발을 뺏기지 않으려면 목숨조차 걸어야 하니까. 하나뿐인 목숨과 신발의 가치가 동급으로 매겨지며 신발을 지키기 위해 죽을 결심도 해야 하는 세상이 이곳이었다.

소음은 끊이지 않았다. 반복적인 소리가 고요를 틀어막았고 기계음이 허공을 메우며 잠시도 쉬지 않고 사람들의 귓속에 무언가를 계속 집어넣었다. 소음마저도 죄를 씻기 위한 것인지도 모를 일이었다. 요하는 바짝 긴장한 채 혼잣말을 중얼거렸다.

"끊이지 않고 들리는 기계음… 저주받은 존재들이 내 몸속을 기어다니는 것 같아…."

요하의 집은 12구역 변두리 끝자락에 위치했다. 들리는 말로는 세상은 33구역으로 나누어져 있다고 했다. 주민들이 살 수 있는 곳은 그나마 12구역뿐이었고 다른 구역은 비밀스럽거나 금지된 구역이었다. 오래된 이야기로는 금지된 구역 안에 들어가면 온몸이 녹아내리고 다시는 세상을 볼 수 없을 거라 했는데 요하는 다른 구역 따위는 궁금하지도 않았다. 12구역을 제외한 세상은 언제 터질지 모르는 용광로였다. 활화산이 분노한 괴물처럼 용솟음쳤고 붉고 노랗고 시퍼런 불꽃이 꺼지지 않고 타올랐다. 용암은 쉴 새 없이 흘러내렸으며 천천히 그러나 거부할 수 없는 힘으로 대지를 집어삼켰다. 그 뜨거움으로 땅덩이는 비명을 지르듯 갈라지고 녹아내렸으며 공기마저 일그러지고 부서졌다. 그 어떤 희망도 허락되지 않는 세상이었다.

아귀들의 세계에서는 모두가 좀비처럼 걸어다녔다. 발바닥이 타버릴 것 같이 뜨거웠기에 특수재질의 굽 높은 신발이 필요했다. 아귀들의 발가락은 길고 가늘었는데 기다란 발가락을 잔뜩 웅크린 채 걸어가는 아귀들을 보는 일은 흔한 것이었다. 뜨거움을 차단할 수 있는 신발은 최상류층의 아귀들만이 신을 수 있었다. 일반 신발도 아귀들로서는 귀한 물건이었다. 식료품도 성 안을 제외하고는 구하기 어려웠으며 밀수꾼들이 어디선가 몰래 가져온 물건이나 쓰레기들이 생존의 수단이 되곤 했다.

굶주림 속에서 썩은 음식을 찾아 헤매는 일은 어제오늘의 일이 아니었다. 아귀들은 시퍼런 눈을 번뜩이며 먹을 수 있는 모든 것을 먹어 치웠다. 약해 보인다는 것은 스스로가 먹잇감이 된다는 것을 의미했다. 아귀들의 존재의 이유는 그저 하루하루를 배고픔으로 끝없는 허기를 고통스럽게 느끼는 것이었으며 한순간의 평온도 허락받지 못했다. 먹고 있으면서도 배고픔으로 또 다른 먹잇감을 찾기 위해 두 눈을 정신없이 굴리며 사는 것이 아귀들의 운명이었다.

그래서 늘 긴장해야 했고 살기 위해 몸부림쳐야 했으며 죽는 날까지 한순간도 편안할 수 없었다. 이제는 제법 가까이에서 요하의 작고 허름한 움막이 서글프게 모습을 드러내고 있었다.

동굴 같은 집 안은 그래도 바깥보다는 숨쉬기가 한결 나았으며 두꺼운 나무 대문이 있었기에 비교적 안전했다. 요하는 집에 들어오자마자 문을 잠그고는 닫힌 문을 다시 한 번 잡아당겼다. 불안한 손길이 문고리에 남아서 세월의 흔적처럼 땟자국이 거뭇했다. 바닥은 검게 그을린 바싹 마른 돌더미가 드러나 보였고 숨을 들이쉴 때마다 타는 듯한 매캐한 냄새가 올라왔다. 한쪽 구석에는 간이침대가 놓여있고 그 옆엔 낡고 해진 옷이 걸려 있었다.

하루도 걱정 없는 날이 없었고 고난과 절망은 늘 가까이 있었다. 그래도 요하는 무작정 오늘을 살아야 했다. 마음은 늘 산란했고 고통은 시도 때도 없이 요하의 가슴팍을 치고 들어왔다. 그렇지만 늘 그렇게 쓰러질 듯 아파하다가도 다시 제자리로 어김없이 돌아왔다.

이곳에는 제국이 존재했고 아귀계를 통솔하는 제왕이 있었다. 권력을 좋아했던 아귀들은 제국의 주변을 어슬렁거리며 이곳에서도 또 다른 권력자가 되어 다른 아귀들의 피를 빨아먹고 기생하며 살았다. 위가 어디인지는 몰라도 위라고 하는 곳에서 살았던 모든 기억들이 순식간에 지워져 아귀들의 땅으로 보내졌다고들 했다. 그렇지만 어찌 된 일인지 아귀들은 살았던 삶의 방식을 바꾸지 않았다. 위라고 하는 곳에서 하던 대로 살았고 습성대로 생각했고 습관처럼 행동했다.

아귀들에게 요즘 말도 안 되는 소문이 나돌았으며 현실과 환상의 경계를 흐리며 떠돌았다. 위라는 곳이 인간세상이고 인간이란 존재가 실제로 있으며 인간들은 우리와 닮았지만 다른 존재라는 얘기였다. 게다가 인간들에게 삶의 목적은 더 많이 먹고 빼앗기 위한 것이 아니라 서로를 보살피고 사랑하며 인간 존재의 사명에 따라 살아가는 신성한 존재라는 것이다. 사람이라던가 인간이라는 말들이 언어로만이 아니라 실제로 존재한다는 것은 믿기 힘든 일이었다. 그러나 신과 같은 존재라고도 했기에 인간은 감히 상상도 할 수 없는 존재가 되어갔고 그 존재는 신비스러울 뿐이었다. 심연 속에서 들려오는 손에 닿지 않는 기묘한 이야기였다.

게다가 인간세상은 풍요롭고 맑은 물이 있는 곳이며 대륙을 덮을 만큼 엄청난 물이 평화롭게 흐른다는 소문도 있었다. 아귀들 마음속에 인간은 신이었고 인간을 닮았다는 마도제왕은 신의 얼굴을 가진 절대 권력이었다. 인간이 되고자 하는 아귀들이 생겨나고 있다는 말들이 비밀스럽게 떠돌았지만 그런 소문을 믿는 아귀들은 거의 없었다. 아귀로 타고난 우리가 어떻게 인간이 될 수 있겠는가.

그렇지만 자연스럽게, 누구랄 것도 없이 권력으로 다른 사람의 목을 조르며 살았던 인간들이 이곳으로 내려와 아귀세상이 비좁아진 것이라는 생각은 믿음을 갖게 했다. 다른 이들의 목을 조르기 위해 혈안이 되어 권력을 잡고 권위를 급조하고 또다시 권력을 강화시키는 아귀들이 많았기 때문이었다. 위에서 힘깨나 썼던 권력자들이 아귀가 되어서도 다른 아귀의 고혈을 빨아 먹는다는 것은 입에서 입으로 전해졌고 포악한 아귀들조차 가슴을 떨며 두려워했다.

소문처럼 배고프고 굶주린 이들이 온다는 아귀세상은 최고의 권력을 누렸던 아귀들의 전쟁터였다. 그들은 싸우고 또 싸웠고, 빼앗고 또 빼앗았으며 만족을 몰랐다. 늘 허기졌고 갈증으로 목이 타들어 갔다.

그러다 보니 아귀들이 사는 이곳에도 움켜쥔 권력은 썩은 냄새를 풍기며 고통을 낳았다. 악랄하게 상대를 향해 손톱을 치켜세우는 쪽이 힘을 얻었고 그 과정에서 자신들의 안전까지 도모하고 있었다. 아귀들은 탐욕과 적대감을 음식처럼 먹고 살았기에 이들을 효율적으로 통제하기 위해서는 내부의 싸움과 갈등이 필수적이었다. 남의 것을 더 잘 빼앗고 먹어 치우는 습성은 아귀의 배를 더 부풀어 오르게 했고 적대감은 공기처럼 늘 이들 가까이에 숨어 있었다.

아귀들은 배고파 죽은 귀신들이 대부분이라고도 했다. 이렇게 멀쩡한 몸이 있는데 우리가 귀신이라니 말도 안 된다고 대부분의 아귀들은 생각했지만. 들리는 말로는 굶주림에 시달리다 죽었거나 아니면 남의 것을 모질게 빼앗으며 그래도 만족하지 못해서 이곳에 오게 된 존재들이라 했다. 어쨌든 아귀계에 태어난 것은 저주받은 운명이었고 오백 년의 세월을 기다리면 아귀의 삶을 마칠 수 있을지도 모른다고 했다.

요하는 이곳에 온 지 얼마의 시간이 지났는지 알지 못했다. 시계를 본 적도 없었고 시간도 멈춘 듯했다. 요하에게도 시간은 늘 느리게 흘러갔고 반복된 공포와 저주가 아귀의 땅 밑으로 유난히 게으르게 흘러갔다. 빨리 시간이 흘러가서 고통의 세월이 끝장나버리기를, 죽음이 자신의 방문을 두드리기를 요하는 빌고 또 빌었다.

아귀계에서 권력을 가진 아귀들이 반드시 좋은 것만은 아니었다. 오히려 늘어난 그들의 수명과 그들의 악행은 차곡차곡 어딘가에 저장되어 다시 이곳으로 불려 오거나 아니면 더 더럽고 고통스러운 또 다른 곳으로 보내진다고 했으니까. 모든 것들이 사실은 너무나 공평했고 결국에는 정의로웠다.

요하는 집을 나와 걷기 시작했다. 이런저런 상념들이 순식간에 요하의 머리에 가득 찼다가 사라졌다. 가까운 거리였지만 걸음을 뗄 때마다 수천 가지 생각이 흘러갔다. 요하는 새삼스럽게 마치 난생 처음 보는 것처럼 대장의 집을 살펴보고 있었다. 검게 그을린 집의 외벽이 무너질 듯 위태로웠다. 요하는 문 앞으로 걸어가 주위에 아무도 없는지 확인하고 조심스럽게 문을 두들겼다.

"대장. 저예요. 요하예요."

요하는 걱정스러운 마음에 조심스럽게 문고리를 잡아당겼고 열린 문 안으로 의자에 앉아 있는 왜소한 늙은 아귀의 눈길과 마주쳤다. 아무렇게나 기른 백발의 머리는 은빛으로 어깨까지 흘러내렸고 차가운 흰 수염이 그를 더욱 야위어 보이게 했으며 움푹 패인 얼굴에는 뼈골이 그대로 드러나 있었다. 늙은 아귀는 들어오라는 듯 고개를 끄덕였다. 요하는 밖을 잠시 둘러보고는 얼른 문을 닫고서 문 안에 있는 잠금장치를 오른쪽으로 당겼다.

요하가 문을 잠그는 소리는 고요한 방 안에 존재의 흔적처럼 요란하게 울렸다. 방 안에는 침대 하나와 의자 하나만이 놓여 있었다. 요하는 집 안을 다정한 눈빛으로 둘러보았다.

"대장께 드릴 말씀이 있어서 찾아왔어요. 작업장에서는 말을 할 수가 없으니까요…."

늙은 아귀의 눈빛은 반가움과 걱정스러움이 뒤섞인 채 요하를 바라보고 있었다. 아귀들은 그를 언제부터인가 '대장'으로 불렀다. 대장은 아귀들로부터 존경받는 유일한 하층 아귀였다. 아귀사회는 공식적으로는 제왕을 제외한 모든 아귀들에게 계급이 없는 사회였다. 하지만 실제로는 견고한 계급으로 신분을 넘어서기 어려웠으며 하급 아귀들은 늘 자신들보다 계급이 높은 아귀들을 열망하고 추종했다. 자신이 하급 아귀이면서 하급 아귀들을 보면 천대하고 무시하며 패악질을 부렸으니까.

대장은 아귀들에게 마음속 존경을 받았고 그런 존재는 전설 속에서도 찾기 어려웠다. 대장은 마른 체구에 병약해 보였지만 누구보다 형형한 눈빛으로 세상을 꿰뚫고 있었다. 희미한 빛이 서로를 비추었고 노인 앞에 무릎을 꿇고 앉은 요하가 무겁게 말을 건넸다.

"저는 대장께 고맙다는 말을 제대로 한 적이 없었어요. 제 목숨을 구해 주셨는데도…. 이제라도 얼마나 감사한지 말씀드리고 싶어요."

노인은 요하의 손을 살포시 잡고 미소지었다.

"내가 오히려 요하에게 고마워해야지. 나도 이곳에서 살면서 처음에는 아귀들 중 가장 악독한 아귀였다. 싸움이 일어나 물고 뜯고 죽이는 세상에는 늘 내가 있었고, 나는 아귀들도 두려워 떠는 존재였지. 그러나 요하, 너를 처음 만났을 때 너의 눈빛은 말로만 듣던 사람의 눈빛이었어. 다른 아귀들처럼 쉼없이 흔들리는 눈이 아니었다. 그래, 사람의 눈이었지. 그 순간, 처음으로 경이로움을 느꼈다. 그래서 너를 보호하기로 마음먹었다. 나도 처음으로 사람이 되고 싶다는 발원을 하게 됐으니까. 더 이상 아귀로 살지 않기로 다짐했지."

"소문에 나도는 인간들에 대한 이야기는 사실이에요. 재인이 제게 말해줬거든요. 이제 더 이상 미룰 수가 없어요. 저도 대장이 하는 일을 함께 하려고 찾아왔어요. 저의 본래 모습을 찾기 위해서 이제 용기를 내야 할 때가 됐어요."

노인은 말없이 고개를 끄덕였다. 그 순간 요하는 자신이 처참하게 버려졌던 순간이 선명하게 떠올랐다. 어찌 된 영문인지 스스로의 기억은 아귀계의 거대한 성에서부터 시작되었고 아귀계를 다스리는 마도제왕의 모습은 생생했다. 제왕마도는 오른쪽 얼굴에 뚜렷한 칼자국이 있었고 아귀계에 사는데도 다른 아귀들과는 모습이 달랐다.

시녀 재인은 늘 요하의 편이 되어 줬고 요하의 듬성듬성한 머리카락이 빠질세라 조심스레 빗질도 해주었다. 팔이 움직일 때마다 뼈마디가 부서질 듯 거친 소리를 내는데도 열심히 요하의 머리를 손질하는 재인의 얼굴은 어둡고 침울했다. 재인은 요하에게 걱정스럽게 속삭였다.

"제왕의 눈밖에 벗어나면 쫓겨날 수 있어요. 그러니 조심하셔야 합니다. 요하님께서는 인간계에서 왔지만 그곳에서의 모습을 잃어버렸어요. 제왕을 빼고는 우리 모두는 아귀의 모습으로 살아야 하니까요. 제왕은 요하님을 못마땅해 하는 것 같습니다."

요하는 슬픈 눈동자로 자신을 바라보는 재인에게 물었다.

“왜 저를 도와주시는 거죠. 고맙지만 재인님께서 저 때문에 힘든 일을 겪을까 두려워 물어보는 거예요.”

“저는 제왕을 잘 알아요. 인간계를 넘나드는 제왕은 제가 다니는 성전의 교주였어요. 제왕이 늘 그곳을 성전이라 말했으니까요. 그는 스스로 인간세상에 재림한 신이라면서 자신을 따르지 않으면 화를 입을 거라고 말하곤 했죠. 그를 따르는 수많은 신도들이 있었고 경쟁하듯 교주의 사랑을 받고 싶어했죠. 맹목적인 갈망으로 두 손을 뻗치며 모두가 미쳐 돌아갔어요.”

“어쩌다 그곳으로 가셨어요?”

“갈 곳도, 마땅한 직장도 없던 저에게 성전이라는 곳은 유일하게 저를 환영해주는 곳이었어요. 하루 벌어 하루 먹고 살아야 하는 제게 세상은 높은 장벽으로 둘러싸여 모질게 위압적이었고 무기력하고 무능하다는 올가미로 들어갈 틈조차 주지 않았어요. 돈이 신분이 되는 구역질 나는 세상이었고 저는 늘 빚에 허덕였죠. 그렇지만 성전에서는 존재의 의미도 주더군요. 교주를 모시는 내가 가치 있다고 느끼게 해줬으니까요. 신도들이 교주에게 의지할수록 세상과는 고립되었어요. 교주는 영험한 치유능력을 보여줬고 우리는 두려워하며 절대적인 복종을 다짐했죠. 몸과 마음을 바쳐 교주를 위해 살려는 사람들이 점점 더 많아졌고 저도 그런 사람들 중 하나였어요. 한때 저도 제왕을 구세주라 여겨서 그의 눈길을 받기 위해 무던히 애를 썼어요. 지금 생각하면 어이가 없지만 잘생긴 외모와 현란한 언어는 우리 모두를 속이기에 충분했으니까요. 마도제왕은 그때는 제왕이 아니었기에 인간세상을 오가며 자신의 권력을 만들었죠. 교주의 눈에 든 저는 행복했고 맹목적으로 그를 따랐지만 이곳에 온건 제 선택이 아니었어요. 저도 모르게 이곳에 와있었으니까요. 남자친구가 정신 차리라며 애원할 때 말을 들었더라면 이런 일은 없었을지도 모르죠. 그런데 그때 저는 너무 어렸고 진정한 사랑이 무엇인지도 몰랐어요. 아귀가 되고 나서야 비로소 정신을 차릴 수 있었으니까요. 아귀를 신으로 믿고 따랐다니 어이가 없는 일이죠. 그렇지만 저의 선택이 엉망이었다고 하더라도 살아야 했어요. 제왕의 비위를 맞추고 눈치를 살피며 숨죽이고 바닥을 기었어요. 저를 성 밖으로 버리려는 순간, 죽는 게 겁이나 제왕의 발밑에 매달려 이곳에 남게 해달라고 빌었습니다."

재인은 토해내듯 거칠게 말을 잇다가 갑자기 고개를 깊이 떨구었다.

"저를 증오하고 있어요."

요하는 천천히 재인의 등 위에 자신의 갈라진 손을 얹었다. 요하의 손길이 재인의 마음에 따뜻한 파장으로 전해졌다. 재인이 고개를 들자 요하는 재인의 손을 꼭 잡았다.

"우리는 같은 운명이에요. 재인님은 아름다운 사람이라는 것을 기억해줘요. 그런데 저는 왜 인간으로 살았던 기억이 전혀 없을까요. 재인님은 기억하는 과거가 저에게는 하나도 남아 있지 않아요."

"그건… 제가 기억하고 있다는 것을 제왕은 모릅니다. 요하님을 믿고 말씀드리는 겁니다. 들키면 저는 죽습니다. 사실은 제가 이곳으로 끌려왔을 때 제 몸이 오그라들면서 손끝부터 몸이 변하기 시작했어요. 목이 탈 듯이 말라서 물이 너무 마시고 싶었지만 물은 어디에도 없었어요. 절망과 공포가 저를 덮쳐서 꼼짝 못하게 하더군요. 울다가 지쳐서 눈을 감고 누워 있는데 내려다보는 시선이 느껴졌습니다. 그때 탁자 위에 무언가 올려놓는 소리가 들렸고 하림장군의 목소리가 들렸어요. 제왕에게 말하는 것 같았죠. 제왕의 목소리는 들리지 않았지만…. 이 물을 마시면 모든 기억을 잃게 된다니 놀랍다고 하더군요. 저는 목구멍이 타듯이 아프고 물을 너무나 마시고 싶었지만 기억을 잃고 싶지 않아 잠든 척하다가 그들이 잠시 나간 사이에 물을 버리고는 아귀의 모습으로 앉아 있었죠. 다시 들어온 하림장군은 저를 좀 안쓰럽다는 듯이 쳐다보고는 빈 물잔을 들고 나갔습니다."

"저는 아무 기억도 없어요…."

"요하님은 그 물을 마신 거예요. 인간으로 살았던 기억을 모두 잃어버리는, 어떤 약을 물에 탔을지도 모르고요. 눈치를 챘겠지만 하림장군은 마도의 오른팔이에요. 비밀스러운 일은 모두 그자의 몫이죠. 겁이 많아서 마도의 심기를 거스르지 않으려 애쓰고요."

요하는 아무리 생각을 더듬어봐도 아귀의 몸으로 변한 일도 물을 마신 기억도 나지 않았다. 요하는 더 깊은 절망으로 빠져들었다. 두 아귀녀는 서로의 눈을 바라보며 소리 없이 울었다. 아귀의 얼굴 안에는 여전히 인간의 영혼을 담은 눈동자가 슬프게 빛나고 있었다. 요하는 신음하며 말했다.

"우리는 이곳을 빠져나갈 수 없는 걸까요. 어쩌다 우리 신세가 이리 됐을까요…."

요하와 재인은 시체같이 말라 붙은 두 손을 앞으로 다소곳이 모으고 고개를 서로에게 향한 채 마음속 이야기를 나누었다. 적막이 따뜻하게 느껴지는 그런 순간이 찾아왔고 서로에 대한 진심이 전해질처럼 번져나갔다.

하지만 고요는 오래가지 못했고 갑자기 누군가 세차게 문을 두드렸다. 문소리는 거칠었고 다급했으며 신경질적이었다. 재인은 쫓기듯 벌떡 일어나 뼈 부딪치는 소리를 내며 황급히 문을 열었고 요하는 자신도 모르게 문 쪽으로 고개를 돌렸다. 문밖에는 검은 옷을 입은 하림장군이 서 있었다. 하림은 재인 너머로 슬프게 앉아 있는 요하를 힐끗 보며 말했다.

"요하님은 어서 제왕의 처소로 가시지요. 제왕께서 기다리고 계십니다."

요하는 모든 것을 포기한 듯 벌떡 일어나 하림을 따라갔다. 성 밖을 나가 본 적이 없지만 누가 보더라도 성 안은 크고 웅장했다. 바닥과 천장에는 하늘과 인간을 상징하는 수많은 그림이 그려져 있었다. 희한하게도 아귀만이 그림에 존재하지 않았다. 길고 좁은 복도를 걷다 보니 가운데 네모난 중앙 통로가 보였다. 그곳에서 하림은 요하가 잘 따라오는지를 확인하고 황금색 융단이 깔린 오른편 통로로 다시 걷기 시작했다. 조금 더 걸어가자 커다란 문이 나왔다. 문 앞에는 단정하게 머리를 묶은 제왕의 비서가 기다리고 있었고 조심스럽게 문을 열어주며 요하를 안으로 안내했다. 요하가 그녀에게 인사를 건네려고 고개를 돌렸지만 비서는 모른 체하며 황급히 문밖으로 사라졌다. 방 안에는 아무도 없었다.

제왕의 처소는 아무도 들어갈 수 없는 금지된 곳이었다. 이곳은 아귀계에서 가장 아름다운 곳이며 가장 은밀한 영역이기도 했다. 요하는 혼자 남겨진 방 안의 황금빛 휘장 옆에 서서 밖을 바라보고 있었다. 제왕의 처소는 밝고 화려하고 안락했지만 성 밖은 어둡고 소름끼치게 무서운 공기가 흘렀다. 요하가 손끝을 움직여 유리창에 손을 대자 아귀계의 뜨거운 열이 손끝에 전해져 데일 듯 아파왔다. 요하는 자신도 모르게 몸을 떨며 손을 자신의 가슴으로 가져갔다.

소파는 오색으로 수놓아져 제왕의 꿈인 천상의 아름다움을 표현했으며 팔걸이는 황금으로 조각되었다. 제왕의 처소는 온갖 진귀한 보석들이 방 안을 장식했다. 얼마의 시간이 흘렀을까. 한 남자가 들어왔다. 인간의 얼굴을 한 제왕마도였다. 그가 걸음을 옮길 때마다 어둠이 먼저 그를 끌고 다녔다. 어둡고 오싹한 긴 그림자가 발자국을 내딛으면 마도가 움직였다. 윤기가 흐르는 반듯한 얼굴에는 초조함이 배어 있었다. 눈코입이 모두 얼굴 안에 들어가 있는 것은 아귀들과 다르지 않았지만 대부분의 아귀 얼굴에 있는 작은 구멍들은 보이지 않았다. 튼튼해 보이는 두꺼운 목이 얼굴을 떠받치고 있었지만 둔탁해 보이지 않았고 날카로운 턱은 냉혹함과 예민함을 드러냈다. 마도의 배는 부풀어 오르지 않았고 다리도 새처럼 가늘지 않아서 굳건하게 바닥을 디디고 서 있었다.

마도는 요하를 힐끗 쳐다보고는 비위가 상한 듯 인상을 찌푸리며 황금비단 위 자주색으로 아름답게 수놓은 소파에 앉았다. 그리고는 한동안 말이 없었다. 요하는 두려웠지만 자신의 나약한 모습을 마도에게 들키고 싶지 않았다. 자신도 모르게 차가운 시선으로 제왕의 아름다운 얼굴을 응시했다. 그런 요하의 눈길을 곁눈질로 본 제왕은 어딘가를 바라보며 혼잣말처럼 중얼거렸다.

"요하, 그대는 인간계에서는 참으로 아름다웠지. 인간계에서 당신이 살아가는 모습을 난 늘 지켜보고 살았으니까."

"저는 아무런 기억이 없어요. 저를 다시 보내주세요. 저를 데려온 분이 제왕이시니 왔던 곳으로 보내줘요."

"그건 안 될 말이야. 이곳에서 나갈 수는 없으니까. 그런데 말이야. 내 마음이 바뀌었어. 미안하게 됐지만 아귀의 말라비틀어진 얼굴과 몸을 가진 그대를 나는 더 이상 사랑할 수 없으니까. 흉측한 그대의 얼굴을 보기만 해도 기분이 나빠지고 혐오스럽거든."

그 순간 요하의 머릿속에는 재인이 그토록 강조했던 제왕에게 매달려야 살 수 있다는 말이 떠올랐다. 그렇지만 제왕에게 애걸하며 삶을 연장하고 싶지 않았다. 모든 것이 너무나 두려워졌지만 부딪치는 수밖에 다른 방도는 없어 보였다. 요하는 공포심을 들킬까봐 애써 몇 올 남지 않은 엉성한 머리카락을 귀 뒤로 넘기며 담담한 표정으로 제왕을 바라봤다. 제왕은 요하의 손이 움직일 때마다 손가락 뼈가 서로 삐걱거리며 소리를 내는 것을 유심히 들으며 얼굴을 찌푸렸다.

"그래도 내가 한때 사랑했던 여자니까 성 밖까지 직접 데려다주지. 나의 아름다운 성 안에서 그대의 끔찍한 몰골을 보는 것이 너무나 역겨우니까 이제는 사라져 줘야겠어. 이곳은 그대가 기억도 못하는 인간계가 아니야. 아귀들은 배고파 못 견디는 족속이지. 무엇이든 먹어 치우려고 목구멍으로 넘기지도 못하는 것들을 죽이고 피를 봐야 직성이 풀리니까. 인간계에서 돈과 권력에 취해 굶주린 것들이 떼거지로 몰려드니 이제 아귀계도 발 디딜 틈이 없게 됐어. 시커멓게 들끓는 아귀들은 예전보다 사나워지고 있지. 그러니 내가 그대를 내려주는 곳에서 새롭게 아귀로서 인생을 시작해야 할 거야. 결코 만만치 않다는 것을 미리 말해주는 거니까. 이래서 옛정이 무섭다고 하나 보군."

기억 저편으로 제왕의 얼굴이 증오에 가득차 자신을 쳐다보고 있었다.

'그래, 그랬었다. 제왕은 나를 마차에 실어 아귀들이 들끓는 한가운데 조롱하듯 나를 버렸다.'

요하가 과거의 기억을 더듬으며 오래된 과거를 떨쳐내려고 몸부림칠 때 대장이 요하를 불렀다.

"요하야, 무슨 생각을 그리 골몰히 하니?"

대장의 목소리에 정신이 돌아온 요하는 마도를 사랑했던 기억이나 느낌이 없다는 것을 다행이라 여겼다. 그놈의 과거라는 것은 늘 그날의 기분에 따라 다른 모습으로 떠올랐고 마도제왕에 대해서도 증오와 미움이 연민과 뒤섞일 때조차 있었으니까. 요하는 대장에게 부끄러운 속마음을 들킨 듯 머쓱해졌다.

"대장을 만나기 전, 그놈한테 버려졌던 때가 생각나서요. 이젠 다 옛일이 돼 버렸지만… 제왕이 저를 요하라고 불렀거든요. 아마도 인간으로 살 때 요하였을지도 모르니까요. 요하는 어떤 사람이었을까요. 요하라고 불리던 인간 여자를 알고 싶어요."

"요하야, 이름에 얽매이지 말아라. 이름이란 것은 추억이 되고 가끔 기쁨이 되기도 하지만 아픔이 되고 구속이 되기도 하는 그런 것이란다. 우리는 때로 이름에 의해 속박당하지. 불려지고 부르며 우리는 자신의 인생을 살지 못하고 타인의 인생도 그대로 보지를 못하니까…."

잠시 대장의 기침소리가 이어졌다. 평범한 늙은 아귀였던 대장은 〈사람〉이라는 비폭력 비밀 결사대를 만들고 이끌면서 제일 먼저 같은 아귀끼리 고통을 주는 것을 금지시켰다. 조직원에 대한 구체적인 정보는 오로지 대장만이 가지고 있었고 비밀 모임에서는 조직이 가져야 할 삶의 방향을 서로 이야기했다. 요하는 대장이 결사대를 통해 얼마나 많은 아귀들의 생명을 구했는지를 생각하며 자신도 모르게 눈물을 떨어뜨렸다. 대장은 평화로운 얼굴로 미소지으며 말했다.

"요하라는 이름에 사로잡혀 너를 잃어버리면 안 된다. 이름이 너의 감옥이 될 수 있단다. 이름으로 살지 말고 자유로운 영혼으로 살아라."

"네… 대장…."

"요즘이 아귀로 살아온 내 생에서 가장 행복한 순간이구나.

모든 일은 너의 결정에 따라야 한다. 다음 모임은 바로 내일이다. 공장일이 끝나고 헤어졌다가 늦은 시각에 다시 모일 계획이다. 지금으로서는 우리가 일하는 작업장이 가장 안전한 곳이라 판단했다. 자신들의 심장부에서 우리가 모일 거라고는 상상도 못 할 테니까. 작업장 남자 탈의실에서 모이기로 했으니 내일 저녁 초승달이 뜰 때 그곳으로 와도 좋다."

"내일 참석할게요."

"마음이 바뀐다고 해도 이해한다. 약속을 소홀히 하라는 것이 아니라 마음 안의 갈등을 있는 그대로 보라는 뜻이야. 기다려주기도 하고."

"오랫동안 생각해서 결정했어요. 대장, 내일 만나요. 아귀로 살고 있지만 벗어나고 싶어요. 대장처럼."

"그래, 진심으로 반갑구나. 죽음이 두려워 늘 움츠리고 사는 우리 종족들에게 우리도 인간보다 더 고결한 존재가 될 수 있다는 것을 알려주고 싶을 뿐이란다."

대장의 기침 소리가 거칠게 이어졌고 다시금 잦아들었다. 대장은 요하의 비틀어진 앙상한 손을 잡으며 다짐하듯 말했다.

"비밀 결사대는 알고 있겠지만, 목숨을 걸어야 하는 조직이다. 조심해서 오거라. 발각되는 날이면 저들이 가만히 두지 않을 테니까."

아가파, 신성을 지닌 돌멩이, 아름다운 노래의 파동이라 불리는 아가파는 아귀계에서 가장 존귀한, 생존을 위한 돌이었다. 아가파는 뜨거운 불구덩이 아래 존재하는 돌이지만 가장 차가운 성격을 가졌기에 아귀의 제왕이 사는 성을 세울 수 있었다. 마도는 자신의 성을 하나의 도시로 만들고 싶어했다. 오로지 마도제왕만을 위한 무수한 망루가 만들어졌고 매서운 감시를 통해 아귀계를 움켜쥐고 놓지 않으려 했다. 모든 것이 아가파 없이는 불가능한 꿈이었다. 무엇보다 아가파의 가장 큰 힘은 물이었다. 물을 만들 수 있는 힘을 가진 생명의 돌이 바로 아가파니까. 그러나 아가파를 캐기 위한 노동은 목숨을 걸어야 했다.

새로운 하루였다. 요하는 집을 나와 작업장으로 걷기 시작했다. 일하러 가는 길은 수많은 아귀들이 하나의 무리가 되어

가축의 떼처럼 스멀거렸다. 작업장에서 솟구쳐 오르는 불길은 아귀들을 집어삼킬 듯 타올랐다. 삐거덕 소리를 내는 팔다리로 겨우 걷는 아귀들의 눈은 희망이라고는 찾아볼 수 없었다. 습관처럼 쉴 새 없이 사방을 분주히 두리번거리는 눈동자는 한순간의 평온도 허락받지 못했다.

먼저 탈의실로 들어가 작업복을 입어야 했고 모든 것들이 기계의 부품처럼 진행됐다. 하루도 쉬지 않고 일을 해야 했으며 그냥 주어지는 것은 아무것도 없었다. 노동에서 제외되면 음식을 받을 수 없기에 아귀들은 각자의 구역에서 죽어라 일했고 가혹하게 혹사당하는 삶을 오래전부터 당연하게 받아들였다.

12구역에 나팔소리가 요란하게 울렸다. 사방에 걸려진 스피커에서는 노동전선으로 참여를 독려하는 목소리가 끝없이 울려왔고 땅을 파서 “아가파”를 찾아야만 했다. 다른 구역에도 아가파를 찾기 위한 작업장이 만들어졌지만 혹독한 뜨거움으로 사형집행이 내려진 아귀들만이 보내졌고 아가파의 매장량도 거의 없었다. 사실 12구역이 번성할 수 있었던 것은 아가파의 매장량도 한 몫 했다. 작업장 일을 할 수 없는 아귀들은 식량을 생산하는 농장으로 보내졌고 쉼 없는 노동은 아귀들에게 저항할 수 없는 일상이 돼버렸다.

작업장으로 들어가는 아귀들의 눈동자는 끝없이 흔들리고 있었다. 언제 죽을지 모른다는 불안과 공포는 온몸을 떨게 했다. 그나마 다행인 것은 일터에 나온 아귀들에게는 불길에 타지 않는 특수 방화 용액과 방화복이 제공된다는 것이었다.

남자아귀들과 여자아귀들이 각자의 탈의실로 들어갔고 발가벗은 온몸에 특수 방화 용액을 꼼꼼히 발라야 했다. 타지 않는 작업복을 입고 헬멧을 쓰는 요하의 동작은 거의 기계적이었다. 작업장에서만큼은 방화용 장화가 제공되었고 나갈 때 모든 것들을 다시 벗어놓고 나가야 했다. 아가파의 푸른색과 똑같은 푸른색 작업복을 입은 요하는 탈의실을 나와 건물 동 사이에 보이는 깃발을 멍하니 바라보았다.

우리는 죄인, 자유는 고통, 순종은 해방

이곳에 사는 존재들은 죄지은 자들이기에 고통과 뜨거움 그리고 굶주림은 당연한 것이 되고 있었다. 헬멧을 썼지만 여전히 뜨거운 공기가 숨통을 틀어막았고 관리동과 관리동 사이에 가로로 걸려 있는 깃발은 오늘따라 더 흉물스러웠다. 축

늘어진 깃발의 글씨를 보며 요하는 한숨처럼 혼잣말을 중얼거렸다.

“내가 무슨 죄를 지었길래. 내가 왜 여기 서 있는 걸까.”

건물동을 빠져나오면 오십미터 앞에 새로 마련된 작업장 입구가 있었다. 요하는 걸어가면서 작업복의 틈새를 다시 한번 확인했다. 열려있는 틈새로 화상을 입을 수도 있기에 작업복의 허름한 부분을 여러 번 살펴보는 것도 중요한 일이었다.

걸죽한 액체를 바르면 타지는 않았지만 뜨거운 고통은 그대로 전해졌기에 지옥에 떨어진 것이나 다름없었다. 그러나 일터에 나갈 수 있다는 것은 행운이었다. 적어도 굶어 죽지는 않을 테니까. 뜨거운 불길이 솟아오르는 끝도 없이 펼쳐진 작업장은 들어서는 순간부터 가슴을 조여왔다. 배가 튀어나오고 팔다리가 앙상한 요하에게 불구덩이 속에서 몸을 구부려 아가파를 꺼내는 것은 쉬운 일이 아니었다.

물과 식량을 위해 죽을 힘을 다해 땅을 파고 또 파내야 했지만 아가파의 매장량은 많지 않았다. 하루종일 땅을 파내어 하나를 건져내면 그야말로 대박이었다. 그날만큼은 두 배의 음식과 물을 받을 수 있었고 목이 타오르는 것을 잠시 식힐 수 있었다.

아가파의 푸른 빛이 보일 때까지 땅을 파고 또 파내며 오로지 푸른 빛을 내는 광물을 향해 온 몸을 땅 위에 엎드린 채 일해야 했다. 땀과 함께 피부가 부풀어 올랐고 피부조직이 무너져내리며 통증이 극심했다. 불길이 사납게 치솟을 때면 뜨거움으로 순식간에 죽어나가는 아귀들도 많았으며 죽은 아귀들은 쓰레기를 버리듯 한쪽으로 치워졌다. 현장에서 일하는 아귀들은 반장이 나눠준 번호를 오른쪽 가슴에 달고 있었기에 그들은 번호로 불리워졌다. 식별은 간단했고 게으름을 부리는 아귀를 적발하기도 쉬웠다.

요하의 가슴에는 숫자 2684가 쓰여 있었고 요하의 옆에서 일하는 아귀의 가슴에 붙어 있는 번호는 3897이었다. 3897은 힘겨운지 연거푸 신음소리를 뱉어냈다. 처음 보는 낯선 얼굴이었다. 그는 두리번거리며 가끔 사방을 살폈고 요하를 힐끗거리며 쳐다봤다. 곧 쓰러질 것 같이 힘든 표정으로 요하에게 무언가를 말하려 했다. 요하는 일을 하다 말고 반장의 눈치를 살피며 조심스레 물었다.

“3897 괜찮으세요?”

“네, 괜찮습니다.”

“조금만 참으세요.”

"고마워요. 저는 사실 성에서 살아서… 성 안은 뜨거움이 차단된 곳이라 이곳이 이리 뜨거울 줄은 몰랐어요."

"…."

"그런데 어디서 본 듯한 얼굴이군요…."

"비슷한 얼굴이 많으니까요."

"그건 그렇죠."

요하는 3897이 성에 살았다는 말에 화들짝 놀랐지만 아무렇지도 않은 듯 능숙하게 불길을 헤치며 땅을 파고 있었다. 3897은 불길과 뜨거움을 참을 수 없었는지 얼굴이 붉게 올라왔고 목을 잡고 고통스러워했다. 바닥의 뜨거운 열기가 몸 안으로 파고 들어 일하다가 발을 번갈아 가며 펄쩍거리다가는 반장에게 채찍으로 두들겨 맞아야 했다. 요하는 낮은 목소리로 반장의 시선을 피하며 말했다.

"3897, 몸을 세우면 반장이 달려오니 쉬실 때도 몸을 숙이세요."

어두운 3897의 표정이 조금은 환해졌다.

"고마워요…."

땅속에서 뿜어져 나오는 가스는 매캐한 회색 연기를 뿜어냈고 작업장의 아귀들은 벌레를 일렬로 세워놓은 듯 허우적거렸다. 요하는 부지런히 땅을 파헤치며 푸른 광석을 찾기 위해 장갑을 낀 손을 부지런히 움직였다. 얼마인가를 한참을 파내고 있는데 푸른 광석이 보였다. 희미하게 보이는 푸른색은 원을 돌 듯 요하의 눈동자 위를 비추었다. 아가파였다. 요하가 아가파를 파내 손에 쥐었을 때 갑자기 3897이 헬멧과 작업복의 틈새를 노려 요하의 목덜미를 사납게 물어 뜯었다.

외마디 비명을 지르는 요하를 밀어뜨리고 3897은 아가파를 손아귀에 잡으려 했다. 3897은 있는 힘을 다해 반장에게 소리를 질러댔다.

"제가 아가파를 찾았어요. 제가 찾은 거예요."

"아니에요. 제가 찾았어요."

그러자 3897은 거칠게 아가파를 제 손아귀에 넣고서는 으르릉거렸다.

"이 여자가 거짓말을 하는 거예요. 제가 파냈어요. 보시라구요. 제 손에 있는 광석이 바로 아가파에요."

요하의 가느다란 목줄기를 타고 피가 흘러내렸다. 요하는 아픔도 잊은 채 아가파를 되찾기 위해 3897의 명치를 주먹으로 세차게 내리쳤다. 남자는 생각지도 못한 요하의 기습에 잠시 움찔했지만 비열한 웃음이 그의 얼굴에 번지며 아가파를 쥔 손을 위로 뻗어 올렸다. 잠시 후 어깨가 넓은 네모난 얼굴의 12구역을 총괄하는 구역장이 다가와 3897과 요하를 번갈아 내려다봤다. 반장은 채찍을 휘두르려다 구역장의 눈치를 살폈다. 구역장은 무척이나 재미있다는 듯, 한참이나 요하와 3897의 몸싸움을 지켜보다가 이내 한바탕 큰소리로 웃기까지 했다. 요하는 구역장을 향해 비수처럼 말했다.

"이자가 내가 캐낸 아가파를 훔친 거예요."

그러자 3897도 지지 않고 가쁜 숨을 몰아쉬며 말했다.

"제가 캐낸 겁니다. 보다시피 제 손 안에 있습니다. 구역장님, 제가 캐냈어요."

구역장은 요하의 목덜미를 입맛을 다시며 보고 있다가는 냉냉한 얼굴로 차갑게 말했다.

"어이 3897, 신입인데도 적응이 빠르군. 차지하는 사람이 임자인거지. 2684, 게으름 부리지 말고 일해라. 그래야 너도 물과 음식을 얻을 수 있을 테니까. 3897 너는 나를 따라와라."

3897의 회색 눈동자는 살기가 등등해지며 살쾡이처럼 바쁘게 움직이더니 아가파를 소중하게 두 손에 꼭 쥔 채 구역장을 따라갔다. 구역장은 배를 내밀고 의기양양하게 앞에서 걸어갔고 사무실 안으로 3897을 데리고 들어간 뒤 문을 닫았다. 두 아귀만이 사무실 안에 있는 것이 분명했다.

조금 후 비명소리가 허공을 날카롭게 찢어냈다. 분명히 3897의 비명소리였다. 둔탁한 둔기로 매질을 당하는 소리가 방망이질하듯 들려오다가 이내 희미해졌다. 조금 후 3897은 몸을 비틀거리며 돌아왔고 헬멧 안 얼굴이 피고름으로 찐덕하게 범벅이 되어 다시 요하 옆에서 땅을 파기 시작했다. 요하는 옆에 있는 3897을 노려보다가 등 뒤의 따가운 시선을 느끼고 천천히 고개를 돌렸다. 혼자서 아가파를 차지한 구역장이 위협적인 얼굴로 요하를 찬찬히 살펴보다가 무슨 생각을 했는지 갑자기 비열한 웃음을 지으며 상냥하게 말을 걸었다.

"일 끝나고 사무실로 들어와. 나하고 할 일이 있으니까."

요하는 구역장의 말에 묵직한 공포가 치고 들어오는 것을 느꼈다. 요하는 자신의 피가 다른 아귀들과 다르다는 것을 인식하고는 손바닥으로 목덜미를 누르며 피를 닦아냈다. 구역장은 간드러지는 목소리로 속삭이듯 요하의 옆에 바짝 다가왔다.

"서로 좋은 게 좋은 거지. 나도 니가 이렇게 비참하게 능욕당하는 것이 너무 마음이 아프다. 우리가 하루이틀 아는 사이도 아니고. 이따가 일 끝나면 둘이 사무실에서 만나자. 내가 좋은 거 많이 줄게."

구역장은 소름 끼치게 웃고는 사무실로 돌아갔다. 요하는 구역장의 웃음이 무엇을 말하는지를 생각하고 또 생각했다. 대부분의 일은 반장에게 맡기고 사라졌던 구역장이 오늘은 현장을 하루종일 지키면서 이런저런 일에 지시를 내리는 것도 이상한 일이었다.

'3897, 저 머저리 새끼가 말썽만 부리지 않았으면 작업이 끝나고 제출하면 되는 일이었는데 중간에 설레발을 치더니…. 구역장 좋은 일만 시킨 개자식….'

얼마쯤 시간이 지났을까. 사이렌 소리가 작업장에 거칠게 울려 퍼졌다. 작업이 끝나자 아가파를 캐낸 몇 명의 아귀들은 반장에게 아가파를 건넸고 각 분대별로 반장들은 서둘러 움직였다. 아가파를 캐낸 자들에게 주어지는 물과 음식을 받지는 못했지만 요하는 덩그러니 놓여진 약간의 음식과 물통을 소중히 손에 쥐었다.

구역장이 멀리서 요하를 보며 손을 들어 보였다. 자신을 따라오라는 신호였다. 요하의 얼굴이 흑빛으로 검게 일렁였다. 다른 아귀들은 탈의실로 걸어갔지만 요하는 구역장이 있는 사무실로 천천히 걸어갔다. 사무실 안은 작업장의 열기가 차단되어 숨쉬기가 훨씬 편안했지만 요하는 사무실로 들어가는 순간 목덜미가 굳어지며 입안의 모든 수분이 말라붙었다. 구역장은 사무실 뒤편에서 걸어 나와 요하를 반갑게 맞이했다. 구역장의 튀어나온 배는 다른 아귀들보다 더 심하게 튀어나왔고 얼굴의 구멍들이 유난히 커보였으며 비릿한 눈매는 음산했다. 요하는 구역장에게 고개를 숙이며 눈치를 살폈다.

"오라고 하셔서…."

구역장은 요하의 어깨에 손을 올리며 말했다.

"그래, 그래. 2684, 잘 왔어."

"제가 잘못한 일이라도…."

구역장은 요하의 목덜미를 살피며 입술을 실룩거렸고 안에 있는 반장들을 향해 짜증스러운 목소리를 뱉어냈다.

"모두 나가서 현장을 정리해야지. 왜 여기 앉아 있는 거야.'"

반장들이 재빨리 현장으로 빠져나가자 구역장은 요하에게 살살거리며 말했다.

"2684의 피는 우리랑 다르던데…. 나에게 좀 나눠주지."

구역장은 연신 웃어대며 요하의 몸을 훑어 내렸다.

"잘 알다시피 여기서 내 말을 안 들으면 살아남을 수가 없어. 너를 죽이지는 않을 거야. 너는 아주 소중한 아귀니까. 살아 있는 한 지속적으로 생산되는 건강한 피를 발견한 거지. 오늘 나는 재수가 좋은 날이야. 아가파보다 귀한 아귀를 얻었으니까."

구역장의 웃음소리가 커지는가 싶더니 이내 주머니에서 주사기를 꺼내 들고는 요하의 작업복 소매를 걷어 올렸다. 가늘게 떨리는 요하의 팔에 사정없이 주사바늘을 꽂은 구역장의 얼굴은 흥분으로 달아올랐다. 순식간에 피스톤이 당겨졌고 주사기 안에는 미세한 소용돌이가 맴돌더니 어느덧 선홍색 피가 담겨졌다. 구역장은 얼굴이 환해지며 요하에게 가지고 있던 음식을 던져주며 믿을 수 없다는 표정을 지었다.

"내일도 너의 피를 받아내야 하니 이걸 먹고 오거라. 이제 나는 아귀계에서 가장 오래 살고 젊게 사는 아귀가 될 거야. 이 일은 그 누구에게도 발설하면 안 된다. 너도 그 의미를 잘 알고 있겠지만."

요하는 어지러움을 느끼며 구역장이 주는 음식 보따리를 들고 사무실을 빠져나왔다. 비릿하게 웃는 구역장의 웃음이 요하의 뒤통수에 박힐 듯 따가웠다.

'이제는 저 놈에게 매일 나의 피를 빼앗기고 살게 되었어. 저 놈은 내가 말라죽을 때까지 하루도 멈추지 않을 거야. 여기서

도망쳐야 해….'

다행히 피는 멈추었다. 탈의실에서 옷을 갈아입은 뒤, 걸어 나오는 요하의 발걸음은 조심스러웠다. 음식 냄새를 맡고 누군가 공격을 해올 수도 있기에 팽팽한 긴장이 요하의 등줄기를 타고 흘렀다.

아귀들은 늘 굶주렸고 허기졌다. 타들어가는 목구멍은 너무 가늘어서 무엇을 먹기도 힘들었거니와 대지는 용암처럼 뜨거웠고 공기는 숨막히게 목과 코를 압박했다. 숨 쉬는 것도 먹는 것도 고통이었다. 이런 끔찍한 고통은 그렇지만 그칠 줄을 몰랐다. 한 순간도 한 찰나도 끊이지 않고 계속됐다. 게다가 한 순간도 긴장을 늦출 수 없었다. 서로 죽이고 잡아먹는 것을 아무렇지도 않게 여겨서 틈만 나면 다른 아귀의 약점을 파고들었다. 길거리에 쓰러진다는 것은 죽음을 의미했다. 몸이 아픈 아귀들은 수명이 다해갈 때 집 안에 숨어서 자신의 마지막을 기다려야 했다. 늘 굶주려온 아귀들의 죽음은 혼자서 아사하는 것, 배고파 굶어 죽는 것이었다. 너무나 잔인한 삶이었고 죽음이었다.

죽음의 냄새가 문 밖으로 흘러나가면 아귀들이 떼거리로

몰려들어 죽은 아귀뿐만 아니라 그곳의 모든 것들을 약탈해 갔다. 탐욕스러운 그들의 입은 늘 피고름 자국이 덕지덕지 붙어 있었고 기괴한 신음소리를 내며 돌아다녔다. 요하는 그들의 입술 언저리에 붙어 있는 오물 딱지에 비위가 뒤틀렸고 자신의 얼굴에도 아귀의 흔적처럼 오물들이 다닥다닥 붙어 있다는 착각으로 불현듯 놀라서 얼굴을 거칠게 문질렀다.

'아귀로 살더라도 다른 아귀를 물어뜯고 뒤통수를 치는 일은 차마 할 수가 없어. 나는 인간이야. 마도도 내가 인간계에서 왔다고 했으니까. 여기서 죽을 때 죽더라도 내가 인간이었다는 것을 잊지 말자….'

요하가 걸음을 재촉하고 있을 때 어디선가 소름 끼치는 비명소리가 들려왔다. 비명소리는 공포로 공기를 적시며 요하의 심장을 잠시 짓눌렀다.

'또 다른 아귀사냥이 시작된 거구나. 정신 바짝 차려야 해. 잘못하면 나도 아귀밥이 될 수 있으니까. 인간세상으로 가고 싶다. 그곳이 어떤 곳인지는 모르지만 끔찍한 이곳에서 헛되게 살 수는 없어.'

길거리에서 조금이라도 비틀거리면 어디선가 아귀들이 몰려들었다. 그래서 정신 바짝 차리고 최대한 웅크린 몸을 조심스럽게 걸어야 했다. 피에 굶주린 아귀들이 어둠 속에서 튀어 나올 때 뼈들이 부딪치는 소리는 괴기스러운 신음이 되어 하염없이 맴돌았다.

배고픈 아귀의 거친 숨소리가 요하의 등 뒤에서 사납게 헐떡였다. 뒤를 돌아볼 겨를도 없이 아귀의 날카로운 송곳니가 요하의 어깨를 거칠게 물었다. 피 냄새를 맡고 따라붙은 몸집이 제법 커다란 아귀였다. 요하와 아귀는 뒤엉켜 싸우기 시작했고 요하에게 급소를 맞은 아귀는 주춤거리며 도망가다가 뒤덜미를 잡히고는 중심을 잃고 쓰러졌다. 요하는 옆에 있던 돌멩이를 순식간에 집어 들어 발악하는 아귀의 마지막 명줄을 끊어 놓으려 했다. 그러나 아귀라 할지라도 죽일 수 없었다. 그런 일은 차마 할 수 없었다.

'나… 나는 인간이야. 제발 잊지 말자. 내가 인간이었다는 사실을….'

요하는 아귀에게 힘주어 말했다.

"놓아줄 테니 이제 도망가도 좋다. 그렇지만 다시 한번 공격해오면 가차 없이 죽일 테다."

아귀는 요하가 자신을 놓아주는 것을 믿을 수 없다는 듯 쳐다보다가는 뒤돌아 걷기 시작했다. 그런 아귀의 뒷모습을 씁쓸하게 바라보던 요하는 작은 가방 안에 숨겨둔 음식을 다시 확인하며 작업장 근처를 서성거렸다. 가스등이 희미해졌고 초승달이 떠올랐다. 요하는 온몸의 세포가 새롭게 생겨나는 듯 활기를 느끼며 다시 작업장으로 걸어가기 시작했다. 작업장은 어둠 속에 잠겨 있었다. 그 누구도 작업이 끝난 어둡고 침울한 이곳이 희망의 장소가 되리라고는 상상조차 못했겠지만.

요하가 좁은 남자 탈의실 문을 열자 아귀들의 눈동자가 일제히 요하를 향해 멈추었다. 아귀들의 눈동자가 이처럼 잔잔하게 누군가를 바라보는 일은 요하로서는 난생 처음 보는 광경이었다. 방 안의 공기는 사뭇 새로웠다. 같은 고통을 겪으며 사는 아귀들이 서로를 적대시하지 않고 서로에 대한 믿음이 숙명이 될 때 외부의 뜨거움 속에서도 선선한 마음이 오고 갈 수 있었다. 여러 아귀들이 몸을 겹쳐 앉았지만 그들의 표정은 마냥 평온했으며 킁킁거리며 냄새를 맡지도 않았다. 요하는 맨 끝에 앉아서 눈을 감았고 공격당할까 두려움에 떨지도 않았다. 한 번도 느껴보지 못한 내면의 평화가 찾아왔다. 대장의 목소리가 나지막히 들렸다.

"지금까지 아귀로 살아온 삶의 방식을 바꾸어야 할 때가 되었어요. 우리에게도 구원의 길이 있어요. 그 구원은 자신으로

부터 찾을 수 있습니다. 그러니 내면의 목소리를 들어보세요. 부디 자신을 찾는 일을 게을리하지 마세요. 저는 이제 다른 곳으로 떠납니다. 우리 12구역에만 아귀들이 사는 것은 아니니까요. 아귀들이 있는 곳을 찾아다니려 합니다. 오늘이 우리의 마지막 만남이네요."

대장의 말이 끝나자 탈의실 안은 술렁이기 시작했다. 모두가 걱정스러운 얼굴이었고 불안한 눈빛이었다.

"대장, 안됩니다. 이곳에 계속 계셔 주세요."

"대장, 저희는 길을 잃고 말 겁니다."

여기저기서 걱정하는 목소리가 들려왔다. 대장은 잠시 기침을 심하게 하더니 이내 언제 그랬냐는 듯 온화한 미소로 말했다.

"이제 이곳에 있는 여러분들이 서로가 서로의 달이 되어주면 됩니다. 이미 여러분은 그 힘을 가지고 있어요."

"저희들은 자신이 없습니다. 대장이 없으면 우리는 다시 예전의 포악한 아귀들이 될까 두렵습니다."

"여러분은 이미 새롭게 태어났어요. 그리고 저를 우상화하면 안 됩니다. 우리가 했던 약속들을 기억하시면 됩니다."

대장의 미소는 아귀의 미소가 아니라 어쩌면 인간의 미소일

지도 모를 일이었다. 모임에 참여한 아귀들은 대장의 발밑에 엎드려 헤어짐을 슬퍼했다. 모임이 끝나자 대장은 문안에 서서 아귀들의 손을 굳건히 하나하나 잡아주었다. 요하가 마지막으로 탈의실을 떠나려 할 때 대장은 물이 담긴 작은 병을 건넸다. 요하가 음식을 대장에게 주려 했지만 대장은 괜찮다며 조심히 가라고 말하고는 요하의 가방 안에 물병을 넣어주고는 살며시 문을 닫았다. 대장과 헤어지는 일은 슬펐지만 다시 태어난 듯 가볍고 행복한 날이었다. 나와 같은 마음을 가진 존재들과 하나가 되는 일은 외롭지 않은 순간이었다. 지옥같이 느껴졌던 뜨거운 대지가 웬일인지 아무렇지도 않았다.

아귀들의 거리에 유일한 볼거리는 희미한 가스등이었다. 가스등은 암흑세계의 어둠을 밝히는 빛이었다. 가스등은 일정한 시간에는 꺼졌기에 사람들은 가스등이 꺼지는 암흑의 시간을 밤이라 이름 붙였다. 그러나 잔혹한 세상에도 달이 있었다.

두 개의 달은 산자와 죽은 자를 위해 떠올랐으며 아귀세상은 산 것도 죽은 것도 아닌 그런 세상이라 했다. 어찌 되었건 아귀들은 달이라는 이름으로 시꺼먼 하늘에 환하게 걸렸다가 사라지는 물체를 신비롭게 불렀다. 달의 색은 흰빛으로 때로는 황금빛으로 모습을 달리했다. 전설처럼 내려오는 이야기로는 인간들이 보는 달의 모습도 같은 빛이라 했다. 차례로 달이 차올랐다가 달이 지고는 했는데 어쩌다가 두 개의 달이 모두 둥글게 떠오르면 상서로운 일로 여겨 아귀들이 하나둘씩 몰려들기 시작했다. 어떤 아귀가 만들어놓았는지는 몰라도 신령스러운 달의 제단이 바위산 위에 자신의 존재감을 여지없이 드러냈다.

두 개의 달이 어둠 속에서 빛을 내뿜을 때 아귀들은 몸을 구부리고는 무엇인가를 중얼거리고는 말없이 돌아갔다. 늘 배고픈 아귀들이었지만 두 개의 달이 모두 뜨는 날만큼은 옮은 행복이란 것을 느낄 수 있었고 그날만큼은 포악한 아귀들도 서로를 죽이지 못했다. 제단 위 붉은 휘장이 달의 빛을 받는 날에는 잔혹한 아귀계에도 순간의 평온함이 지나가는 듯했다. 차가운 달도 무심하게 아귀들의 중얼거리는 기도 소리를 듣고 있는지도 모를 일이었다. 이곳은 태양도 바람도 즐거움도 없었다. 누군가는 아귀계 어딘가에 분명히 검은숲이 있다고 말했지만 아직까지 검은숲을 본 자는 없었다. 하지만 들리는 얘기는 많았고 대장이 간 곳이 검은숲이라는 소문이 순식간에 퍼졌다.

검은숲은 아귀들의 뼈를 갉아 먹는 검은 벌레들이 기어다닌다고 했고 숲의 가장 어두운 곳에서는 형체를 드러내지 않는 어떤 존재가 비탄에 겨운 신음소리를 내며 돌아다닌다고 했다. 매캐한 냄새를 풍기는 거대한 시체꽃들을 만지기라도 하면 순식간에 독이 퍼져 살갗이 부풀어 오르고, 음산하게 가시를 뻗은 붉은 넝쿨은 지나가는 아귀들을 휘감아 그 안의 피를 단번에 먹어 치운다고 했다. 검은숲은 산 것도 죽은 것도 아닌 세상에서 죽음이 산 것들을 지배하는 세상으로 여겨졌다. 아귀들은 검은숲이 어떤 구역에 있는지 제대로 알지 못했고 들리는 소문만으로도 두려워했다.

혹독한 뜨거움으로 살갗이 타들어가며 질식할 것 같은 고통을 당하는 아귀들에게 두 개의 달을 보는 날은 온전하지는 않더라도 잠시 정신을 차릴 수 있는 순간이었으며 차가움이라는 단어조차 익숙하지 않은 그들에게 달의 차가움으로 대지를 식혀준다는 착각을 불러일으키기에 충분했다. 게다가 빛이 없는 세상에 유일한 빛으로 그들을 비추었기에 그들은 달을 신처럼 생각했고 두 개의 달이 영혼을 가지고 있으며 가끔은 자신들의 끔찍한 짓거리를 보고 있을 거라 두려워했다.

그렇지만 오늘은 달들이 모두 저버린 암흑의 날이었다. 이런 날은 하루종일 희미한 가스등이 켜졌고 아귀계의 하루는 피와 죽음의 소리로 찢기듯 시작되었다. 누군가는 피를 흘렸고 누군가는 그 피를 받아 마셨다. 그렇게 암흑의 날은 끝 모를 어둠으로 자신을 드러냈으며 아귀들의 공격과 공포는 극한으로 치달았다.

암흑의 날에도 여전히 제왕마도는 화려한 자신의 처소에서 하루를 시작했다. 흑마법은 비루했던 마도가 제왕이 되게 해 줬고 아귀계의 어떤 아귀도 그의 손아귀에서 벗어날 수 없었다. 마도의 칠흑같이 검은 머리카락은 어깨까지 내려왔고 조각처럼 균형잡힌 얼굴에 웃음기라고는 찾아볼 수 없었다. 꾹 다문 입술은 얼음처럼 차가운 기운이 맴돌아서 섬찟하기까지 했으며 깊고 검은 눈동자는 어느 것 하나 소홀히 흘려보는 법이 없었다.

마도는 자신의 젊음을 유지하고 인간의 모습을 가지기 위해 주기적으로 인간의 숨결을 마셨고 인간에게 아귀의 숨결을 불어넣었다. 그렇지만 인간이라고 해서 모두가 사냥감은 아니었다. 인간들 중에서도 아귀처럼 사는 인간들이 표적이었고 인간계에는 탐욕과 잔혹함으로 아귀 같은 인간들이 넘쳐나고 있었다. 마도는 인간사냥에 점점 깊게 중독되었고 오늘도 인간계로 갈 채비를 마쳤다.

매서운 바람이 세차게 불었다. 서울의 겨울 밤거리는 인공의 불빛으로 화려했으며 꺼질 줄 몰랐다. 호텔 객실에서 나온 마도는 로비로 내려왔다. 로비는 사람들로 붐볐으며 영혼을 잃은 듯 창백한 얼굴들이 서로를 스치고 지나갔다. 로비는 고급스럽고 화사한 꽃장식과 크리스탈 샹들리에가 내뿜는 불빛으로 화려했지만 호텔 유리창 밖의 야경은 초라했다. 마치 두 세계가 마주 보는 듯 서글픈 밤이었다. 마도는 지루하고 기분 나쁜 표정으로 호텔 입구를 나서고 있었고 늘 그렇듯 먹잇감을 찾아내려는 눈빛은 순식간에 사람들의 얼굴을 재빨리 훑어냈다. 한 여자가 입구로 걸어오고 있었다. 무릎까지 내려오는 크림색 모피코트를 입고 소가죽으로 된 크림색 부츠를 입은 여자의 눈빛은 조급했고 공허했다. 그렇지만 보여지는 모습만큼은 자신을 드러내기 위한 노력에 힘입어 화사했다.

세찬 바람이 지나가는 사람들의 얼굴을 사납게 때리고 있었지만 호텔 입구 위에 매달린 열선이 사람들 머리 위로 따뜻하게 온기를 내뿜었기에 냉기를 품은 바람은 여지없이 빗겨나갔다. 지나가려던 여자는 자신도 모르게 마도를 유심히 보고 있었다. 늘 돈을 쫓으며 돈 많은 남자들을 색출해내는데 일가견이 있다고 자부했던 여자는 마도의 세련된 슈트와 멋진 외모에 호기심이 생겼다. 마도는 여자에게 다가가 다정하게 무엇인가를 말했고 여자는 만족한 듯 웃으며 누군가에게 전화를 걸어 오늘 갑자기 일이 생겨 호텔로 갈 수 없다고 말하고는 마도를 따라나섰다.

마도가 인간사냥을 나서면 여자건 남자건 사람을 홀리는 것은 그야말로 식은 죽 먹기였다. 마도의 차에 따라 탄 여자는 상기된 표정이었다. 마도는 어두운 곳에 차를 세웠다. 여자가 마도의 몸을 끌어당겼고 쉴 새 없이 떠들다가는 마도의 손길에 만족한 듯 자신을 내맡겼다. 마도는 오늘도 돈을 탐닉하는 한 여인의 숨결을 들이마셨고 순식간에 그녀에게 아귀의 숨결을 불어 넣었다. 여자의 눈가는 붉게 타올랐고 사념처럼 타오른 불길은 여자의 몸 안으로 깊숙이 들어가 빠져나오지 않았다. 이제 여자는 인간의 모습을 한 아귀나 다름없었다. 여자를 바라보는 마도의 얼굴에는 냉소적인 미소가 잠시 스쳐 지나갔다. 마도가 생각하기에는 이런 일들은 매우 공정한 것이었다. 어차피 아귀계로 올 인간에게 시간을 좀 앞당겼을 뿐이었으니까.

마도는 여자에게 건조한 목소리로 말했다.

"너도 만족이란걸 모르는 아귀가 된 거야. 인간의 얼굴을 한 너 같은 족속들이 많이 있거든. 나의 노예로 사는 것이 인간으로 사는 것보다 어쩌면 더 자연스러운 일인지도 모르잖아."

여자는 마도의 팔에 매달려 늑대의 울음소리처럼 웃기 시작했고 어딘가 정신이 나간 사람처럼 횡설수설하며 중얼거리기를 멈추지 않았다. 마도는 이내 여자에게 흥미를 잃어버렸다. 인간계는 돈과 섹스에 대한 배고픔이 넘쳐났고 인간사냥은 늘 손쉬운 그러나 재미없는 놀이나 다름없었다. 수많은 인간들을 흡입했고 그들을 아귀로 만들어 버렸지만 인간사냥이 끝날 때마다 마도의 가슴은 허무했고 허탈할 뿐이었다.

마도는 요하를 사랑했다고 생각했다. 지금은 그 기억마저 희미하지만 어쨌든 그때는 자신도 모르게 처음으로 진심이었다. 그녀는 아귀가 아니었다. 눈부시게 아름다운 그녀의 눈빛은 사랑으로 빛나고 있었고 만나는 모든 이들에게 다정했다. 누추한 그녀의 집도 그녀의 존재로 가장 아름다운 집이 되었다. 그녀가 존재하는 모든 곳은 마치 꽃이 피어나는 듯 알 수 없는 신비로운 향기가 발산됐다. 마도는 인간계로 올라가 요하와 여러 번 우연을 가장해 마주치곤 했다. 비 오는 날 우산을 들고 있다가 버스정류장으로 걸어가는 요하에게 우산을 건넨 적도 있었다. 요하는 이상하다는 듯 쳐다보며 말했었다.

"고맙지만 저는 비 맞는 일을 좋아해요. 괜찮습니다."

마도는 도서관에서 요하 옆에 앉았지만 요하는 그를 기억하지도 관심을 두지도 않았다. 마도는 요하의 삶에 늘 나타나서 요하의 사랑을 갈구했다. 그러나 요하는 자신을 사랑하지 않았다. 요하는 늘 무심했고 늘 새로웠다.

마도에게 선택의 여지가 없었다. 그녀에게 만큼은 흑마법을 사용하지 않으려 했지만 흑마법만이 요하를 가질 수 있는 길이라 마음을 고쳐먹었다. 자신의 사랑을 거절하는 요하였지만 강제로라도 아귀계로 데려와 부인으로 삼으려 했기에 마도는 비상한 각오로 절박하게 움직였다. 그녀와 우연히 마주친 척 했고 자신이 할 수 있는 모든 수단을 동원했다. 모든 계략이 실패로 끝나버리자 마도의 눈빛은 욕망과 비참함으로 일그러졌다. 결국 그녀에게 흑마법을 사용해 기억부터 지우고 이곳에 데려왔다.

"요하, 당신이 나를 사랑했더라면 모든 것들이 순조로웠을지도 모를 일이야. 그렇지만 한순간도 당신은 나를 사랑하지 않았어. 나로서는 어쩔 수 없는 선택이라는 것을 기억하지 못하겠지만 기억하길 바래."

요하의 모습은 아귀계에 오자마자 흉측한 아귀의 모습으로 변해버렸다. 울퉁불퉁한 얼굴에는 구멍이 파였고 구멍사이로 더러운 것들이 깊숙이 처박혔다. 목과 팔다리는 소름끼치게 가늘었고 솟아오른 배는 조금만 건드려도 바람이 빠질 듯 부풀어 있었다. 아무리 봐도 다른 아귀들과 다를 바가 없었다.

마도의 사랑이 어떤 것이었는지는 몰라도 그 모든 관심과 애정은 갑자기 분노와 증오로 바뀌어 버렸고 요하가 꼴조차 보기 싫었다. 그렇게 비웃듯 아귀계에서 가장 악명 높은 거리에 요하를 버리고 돌아왔고 그것이 사랑했던 요하에 대한 마지막 인사라 생각했다. 마도는 요하를 까맣게 잊어버렸고 늘 그렇듯 인간사냥을 즐기며 아귀계의 제왕으로 살아갔다.

마도는 오늘도 자신의 아름다운 처소에서 이런저런 상념에 젖어 있었고 밤은 깊어 갔다. 마도가 앉아 있는 제왕의 침실에는 괴기스러운 고요함이 사방을 무섭게 틀어막았고 마도는 이런 공포를 즐겼다. 갑자기 방문을 두드리는 소리가 요란했다. 누구도 제왕 처소의 방문을 황급히 두드리는 일은 없었는데 이상하게도 소리는 더 커져갔다. 마도는 신경질적으로 문을 바라보며 소리를 질렀다.

“누구냐. 이 시간에 누군데 문을 두드리는 것이냐.”

마도의 말이 끝나기 무섭게 오른팔이나 다름없는 하림장군이 바들바들 떨면서 문을 열고 들어왔다. 하림의 몸이 심하게 떨리면서 온몸의 뼈들이 발작을 하듯 어수선한 소리를 내고 있었다. 하림은 제왕에게 입술을 달달 떨며 힘겹게 말했다.

“제왕이시여. 오늘 어떤 자가 이곳에 왔는데 예사롭지 않습니다. 인간의 얼굴을 한 자인데 어찌 된 일인지 인간도 아닌 듯합니다. 제왕을 만나겠다고 합니다."

"어찌 이곳에 들어올 수 있단 말이냐. 방비가 허술했다는 것인가."

마도는 얼굴을 잠시 찌푸리며 흑마법으로 사방을 둘러보았다. 밝고 환한 기운이 아귀제국의 한가운데 서 있었다. 너무나 눈이 부셔서 마도는 잠시 눈살을 찌푸리며 애써 어떤 존재인지를 확인하려 했다. 그러나 그는 이미 자신의 바로 앞에 서 있었으며 인간의 얼굴을 하고 있었다. 그런데 희한하게도 그가 나타나자 제왕의 침실이 향기로 가득 찼다. 마도는 이 사람이 말로만 듣던 천인인지도 모른다고 생각했고 웬일인지 숨이 막히고 몸이 가늘게 떨려왔다.

'저 자는 분명히 천상의 존재다. 나와 같은 아귀가 아니야. 어떻게 천상에서 이곳으로 내려왔을까. 흑마법을 사용한 것도 아닌데… 어떻게…. 천인이… 왜 이곳에 왔을까?'

마도는 쉴 새 없이 머리를 굴리고 있었지만 두려움은 그의 살갗으로 파고 들어가 몸을 태워버릴 기세였다. 찰나의 시간이 흘렀을까. 천인은 누구나 그를 확연히 볼 수 있게 빛을 거두고 다시 한번 존재를 드러냈다.

하림은 마도의 안위가 걱정되어 상황을 살피기 시작했다. 마도의 눈동자는 허둥대며 여러 가지 계산으로 복잡해졌다. 두 아귀는 같은 상황에서 다른 방향으로 자신을 내몰았다.

'저자가 천인이라 할지라도 별거 아닐 수 있어. 그렇지만 상대의 힘을 모르니 잠시 물러나 비위를 맞춰보자. 저 자의 목을 베어버려야 속이 시원할 터인데… 그런데 왜 이리 두렵고 무서울까. 말도 안 되는 일이야. 이런 두려움 따위는…. 나 마도가 이곳의 제왕이야. 저 자를 소멸시켜버리고 말겠어…. 조금만 더 잘난척하게 내버려두다가 해치우자.'

마도의 어두운 그림자가 먼저 무릎을 꿇자 마도가 따라서 무릎을 꿇고 머리를 조아렸다. 여러 가지 계산으로 머리가 복잡해졌고 자신이 가진 것을 뺏길 수 없다는 다급함으로 숨이 턱까지 차올랐다. 그렇지만 애써 태연한 척하며 천인의 비위를 맞추기 위해 간사한 미소를 지었다.

"천인이 나타나면 빛과 향기로 사방이 가득하다 들었습니다. 저는 미천한 자로서 아직까지 천인을 뵈온 적이 없었습니다. 어디서 오셨습니까. 아니 왜 이곳에 오셨습니까."

그러자 존재를 드러낸 향기로운 자는 차갑게 마도를 내려다보며 말했다.

“너의 교활한 얼굴을 오늘 확연히 볼 수 있게 되었구나. 해야 할 일이 있어 이곳에 내려왔다.”

“아니… 어찌 이런 누추한 곳에 오셨나이까. 저에게 시키실 일이 있으시면 충심을 다하겠습니다.”

“너 같은 자에게 내가 시킬 일은 없다. 아귀와 인간계를 어지럽히다니 더 이상 용서할 수 없는 일이다.”

“그것은 오해입니다. 경계를 무너뜨린 자는 하림입니다. 제 옆에 있는 이자가 저의 허락도 받지 않고 인간계와 아귀계의 경계를 함부로 넘나들기에 수습하느라….”

하림의 얼굴은 공포와 배신감으로 일그러졌다. 마도가 살기 위해 자신을 팔아 넘긴다 한들 놀라운 일도 아니었다. 그런데도 이런 자를 위해 목숨까지 바치려 했다니 얼마나 어리석었는가를 생각하며 목구멍까지 차오르는 분노를 눌렀다. 마도는 간교한 눈빛으로 천인의 얼굴을 살피며 기회를 엿보았다.

“하림이란 자를 진작에 잡아 죽였어야 했는데 제가 연민이 많은 탓에 차마 아귀라도 헤치지를 못하는지라… 이제라도 엄하게 벌하여 이 자를 처형시키겠나이다. 부디 굽어살피시어 한 번만 자비를 베푸시옵소서.”

“무엄하다. 세 치 혀로 간교한 수작을 부리다니.”

노기 어린 천인의 목소리는 화살처럼 마도의 심장을 뚫고 지나갔다. 잘못했다가는 목숨이 날아갈지도 모른다는 공포감에 마도는 더욱 몸을 납작하게 숙이고 천인의 발끝만을 가끔 올려다 볼 뿐이었다.

천인은 마도를 내려다보며 말했다.

"오늘부터 내가 이곳의 제왕이다. 너는 이제 모든 힘을 쓸 수가 없다."

마도는 참을 수 없다는 듯 자신도 모르게 몸을 일으켜 천인의 얼굴을 올려다보았다.

'이대로 나의 것을 빼앗길 수는 없다. 천인은 세상을 다 가진 자인데 무엇이 부러워 이런 더러운 곳의 제왕이 되려 하겠는가. 돌려보내야 해. 아니 죽여야 해! 제왕으로서 살았던 권력과 힘을 놓칠 수는 없지.'

마도는 얼굴을 땅에 대고 있다가 잠시 천인을 올려다보며 비위를 맞추려는 듯 애원하는 목소리로 말했다.

"귀하신 천인께서 인간계도 아닌 지옥이나 다름없는 아귀계로 오셨나이까. 이곳에서 제왕은 인간만도 못한 존재인데 어찌 이런 모욕을 견디려 하십니까."

"그것은 네가 알 바가 아니다. 또한 이제부터 너는 인간사냥을 나갈 수 없으며 인간의 정기를 마실 수도 없을 것이다."

도저히 승복할 수 없다는 듯 마도의 그림자가 겁에 질린 마도를 질질 끌고 일어났다. 갑자기 마도의 칼집에서 갇힌 영혼들의 뒤틀린 비명소리가 절규하다 사그라졌고 마도는 사력을 다해 시퍼런 칼날로 천인의 심장을 겨누었다. 그런데 아무리 찌르려 해도 칼날은 들어가지 않았고 점차로 칼날의 녹이 슬더니 바람에 흩날리는 재처럼 허무하게 사라졌다. 늘 마도 앞에서 주인처럼 마도를 끌고 다니던 그림자가 고개를 떨구었고 갑자기 마도의 등 뒤에 바싹 달라붙었다. 마도의 심장은 사정없이 조여왔고 숨을 쉴 때마다 내장이 비틀렸다. 천인이 마도를 쏘아보자 마도의 몸에서 무엇인가 뜯겨나가는 소리가 요란하더니 오랫동안 마도를 끌고 다니던 그림자의 형체가 어둠 속으로 빨려 들어갔다. 그림자를 붙잡으려고 발버둥치던 마도는 입술을 깨물었다. 갑자기 하림을 잡아끌며 천인 앞에서 빌기 시작했다.

"아귀계를 어지럽힌 이 자를 죽이겠나이다. 불쌍해서 죽이지 못했을 뿐이니 부디 기회를 주십시오."

하림은 완강히 고개를 내저으며 부인했고 배신에 치를 떨었다. 마도는 비열한 광기로 눈알을 번뜩이며 살기 위해 몸부림쳤다.

"용서하십시오. 모든 것을 드리겠습니다. 제왕의 자리를 드릴 테니 제게 인간사냥과 흑마법의 힘만은 그대로 가질 수 있게 해주십시오."

마도의 말이 끝나기 무섭게 천인이 마도의 얼굴을 매섭게 노려봤다.

"원래 너의 것이 아니었는데 나에게 무엇을 준다는 것이냐. 사악한 칼날로 나를 죽이려 하다니! 내가 너를 설사 용서한다고 하더라도 너의 죄가 너를 잡고 놓아주지 않을 것이다."

"용서하소서. 저의 목숨만은 살려주소서."

"너는 이미 아귀계의 규율을 어겼다. 인간계를 넘나들며 인간사냥을 하는 것은 금지되어 있는 율법이야. 게다가 너의 사악한 마법은 너를 젊고 아름답게 만들었지. 아름다움에 대한 너의 탐욕은 추악하기 그지없구나. 너처럼 사악한 자가 가장 아름다운 얼굴로 아귀계를 지배하고 있었다니."

"용서하십시오. 그렇지만 자비를 베푸시어… 죽이지만은 말아 주십시오. 천인은 생명을 귀히 여긴다 들었습니다. 절대로 인간사냥은…. 하지 않겠습니다."

"너는 이 자리로 다시 돌아오고 싶겠지. 그렇지만 이제 너의 모든 망상은 끝이 났다."

천인은 손에 쥔 무검을 땅에 대고 세 번 두들겼다. 검과 바닥이 부딪히는 소리는 마도에게 천둥소리보다 더 크고 위협적으로 들렸으며 고막이 찢어지는 듯한 고통이 한동안 이어졌다. 세 번의 기괴한 소리가 끝나고 고통이 잦아들었을 때 마도는 자신의 두 손을 들여다보고 있었다. 말라 비틀어진 해골 위에 가죽만 얹어놓은 손은 팔을 움직일 때마다 마찰음을 내며 불꽃처럼 격렬하게 뒤틀어졌다. 풍성한 머리카락은 만져지지 않았고 얼굴의 깊어진 주름은 거울을 보지 않더라도 손바닥의 촉감으로 전해졌다. 마도의 목은 가늘고 가늘어서 바늘처럼 위태롭게 머리를 받치고 있었다.

그렇게 혐오하던 아귀의 모습이 된 것을 알게 된 마도의 입에서는 자신도 모르게 괴로운 탄식이 흘러나왔다. 마도의 허무한 탄식이 끝나기 무섭게 마도의 수하들이 방 안으로 몰려들어 왔다. 그러나 이미 자신의 제왕 대신 아귀가 된 마도만이 존재했다. 몰려든 아귀들은 자신의 제왕을 찾지 못했다. 장군 하림이 무릎을 꿇고 앉아 있는 모습을 보고는 눈치를 살피며 자신들도 천인 앞에 무릎을 꿇었다.

마도는 허리를 펼 수도 제대로 서 있을 수도 없었다. 그는 이미 늙은 아귀에 불과했다. 갑자기 허기지고 배가 너무 고파 죽을 듯이 창자가 뒤틀렸다. 바늘같이 가느다란 목구멍으로 헐떡이며 숨을 몰아쉬는 마도를 하림은 경멸과 증오로 노려봤다.

'저게 제왕마도의 진짜 모습이구나. 저런 자에게 속아 살았다니….'

마도는 비굴하고 사악한 미소를 지으며 눈물까지 흘리고 있었다. 마도의 눈물은 더럽고 냄새나는 아귀의 눈물이었으며 피고름이 찐덕하게 얼굴에 붙어서 떨어지지 않았다. 마도는 천인의 눈치를 살피며 말했다.

"저는 아귀계의 제왕이었습니다. 자비를 베푸셔서 저를 풀어주십시오. 어차피 이 상태조차 유지되지 못할 겁니다. 성을 나가서 죽게 해주신다면 죽어서도 은혜를 잊지 않겠습니다."

천인은 마도의 사악한 눈빛에 어린 분노와 광기를 보았지만 천인으로서 차마 죽일 수는 없는 일이라 생각했다.

"그래, 나가거라. 이 성을 나가서 다시는 근처를 맴돌지 말아라."

마도는 수없이 허리를 숙이며 두 손을 모으고 감사를 표하며 제왕의 처소 밖으로 기어나가듯 느리게 걸어 나갔다. 수많은 아귀무사들과 하림은 자신의 주군이었던 마도가 사라지는 모습을 숨죽이며 지켜봤다. 살아남기 위한 거짓된 충성이었지만 마도가 인간의 얼굴을 하고 있을 때는 고개를 숙이게 만드는 위엄과 권위라는 것이 있었다. 그렇지만 지금의 마도는 모든 것을 잃어버린 늙고 추레한 아귀에 불과했고 자신들과 전혀 다를 바가 없어 보였다. 마도가 없는 새로운 세상을 두려워했지만 갈망해 온 것도 사실이었다.

아귀들은 일제히 무릎을 꿇고 천인의 얼굴을 올려다보며 충성을 맹세했다. 천인의 단아하고 강건한 음성은 아귀계와는 어울리지 않는 광활한 힘과 청아함이 있었다. 천인은 말했다.

"오늘부터 내가 이곳의 제왕이다."

천인의 한마디는 무서운 힘으로 아귀들의 가슴으로 파고들었고 아귀 무사들조차 그것은 너무나 당연한 일이라고 여기며 새로운 주군인 제왕을 맞이했다. 천인은 이제 아귀계의 새로운 제왕이 되었다. 도대체 어떻게 이런 어마어마한 일이 순식간에 일어났는지 성을 지키는 아귀들로서는 도무지 이해할 수 없는 일이었다. 그들은 늘 질문에는 익숙하지 않았고 결론에 순응하며 살았기에 이번에도 아무런 불평이 없었다.

성을 빠져나간 마도의 몸은 나가는 순간에도 찰나찰나 구겨진 종잇장처럼 비틀어졌다.

'이러다 사멸할 수 있어. 급하다. 빨리 나가야 해.'

마도는 안간힘을 다해 성 밖으로 빠져나왔고 이대로 가다가는 먼지처럼 사라질지 모른다는 두려움에 자신의 몸을 사력을 다해 지탱하고 있었다.

'아귀면 어떤가. 살아야 한다…. 반드시 복수를 하고 말겠다. 천인이라 하더라도 나 마도의 길을 가로막는 자는 죽음을 맞이할 거니까.'

그러나 제왕의 자리만 없어진 것이 아니었다. 무엇보다 성 밖은 타는 듯 뜨거웠다. 아귀로 돌아온 마도에게 타들어가는 땅을 밟는 일은 지옥의 길을 걷는 고통이었고 발을 내디딜 때마다 살이 타들어 가는 냄새가 구역질 나게 올라왔다. 성 밖을 어슬렁거리며 걷는 아귀들은 마도와 눈이 마주치자 사냥감을 발견한 매처럼 혼신의 힘을 다해 다가왔다. 그러나 마도는 긴팔을 휘적거리며 마도의 목을 부러뜨리려는 아귀의 얼굴을 휘감았다. 순식간에 마도는 커다란 아귀의 정기를 모두 빨아들였다.

쭈글쭈글해진 아귀는 비명조차 지르지 못하고 눈을 시퍼렇게 뜬 채로 죽어야 했다. 먹는 순간조차도 걸식 들리고 늘 배가 고파 허덕여야 하는 아귀의 운명 때문인지 마도는 죽을 듯이 배가 고파왔다. 정기를 모두 빼앗긴 아귀는 타고 남은 재로 변해버렸고 마도는 그 재를 밟고 올라섰다. 그의 눈동자는 검은색에서 붉은색으로 변했고 얼굴 위에는 어둡고 괴기스러운 검푸른 빛깔의 살갗이 올라왔다. 마도는 그나마 남아 있던 힘을 사용해 다른 아귀들을 먹어치우기 시작했다. 목구멍을 통과하기 어려웠기에 아귀들의 정기를 모조리 흡수해버렸다.

'흑마법을 사용하지 못해 인간의 정기는 빨아들이지 못하지만 아귀들의 정기는 빨아들일 수는 있지. 흑마법을 빼앗긴 내가 어떻게 다시 살아나는지를 똑똑히 보게 해주마.'

마도는 걸신들린 아귀였다. 마도가 다른 아귀들을 먹어 치울수록 그의 얼굴과 몸은 두꺼운 살갗이 올라와 아귀들도 두려워하는 또 다른 괴물이 되어갔다. 마도는 어두운 아귀계에서도 더 깊은 어둠 속을 걸어 다니며 자신의 얼굴과 몸을 두꺼운 수도복으로 가리고 있었다.

아귀계의 밤이라고 하기에는 너무나 고요했다. 대장이 떠나고 비밀 결사대는 처음으로 결사대의 비밀 서약을 신성한 돌판에 새겨 넣었다. 대장이 늘 하던 말들을 지키겠다는 맹세였으며 조직이 탄로나 모두가 죽임을 당하더라도 후대의 결사대에게 남기려는 서약이었다. 결사대는 미래의 동지에게 남기는 서약을 칼산 꼭대기에 묻고 진실을 지키겠다는 맹약을 굳건히 이어가기로 했다. 돌판에 서약을 새겼으나 이에 대한 보안유지와 매장은 위험한 일이었다. 요하는 이 일은 자신이 맡겠다고 자처했다. 그러나 결사대의 조직원들은 이를 만류했다. "요하님의 마음은 알겠지만 이 일은 남자도 하기 어려운 일이에요."

"그래요. 우리에게 맡기시죠."

그러나 요하는 칼산을 잘 알고 있다며 자신이 가겠다고 주장했다. 요하는 결사대에 조금이라도 도움이 되고 싶었고 작은 일이든 큰일이든 어려운 일을 도맡아 해내고 있었다.

어둡고 칙칙한 아귀계의 거리는 바람이 없었다. 음습한 거리에는 간혹 주위를 두리번거리는 아귀들의 번뜩거리는 눈빛만이 스치듯 지나갔다. 등골이 바짝 곤두세워지고 서늘해졌지만 요하는 어떻게든 그들과 눈을 마주치지 않으려 했다.

검고 뜨거운 칼산 꼭대기까지 올라오는 아귀는 거의 없었다. 원한 맺힌 아귀들의 시신이나 뼛조각을 매장하는 칼산은 서럽고 억울한 혼령들이 떠도는 곳이었다. 올라가는 일은 상상할 수 없는 고통이었고 올라가서 볼 수 있는 것이라고는 절벽 아래 여전히 어두운 세상이었다. 그래도 이곳만이 맹세의 결의를 다진 돌판을 숨길 수 있는 유일한 곳이었다. 돌판은 무거웠고 칼산을 오르는 요하의 몸은 땀으로 젖어 들었다.

요하는 바위 언덕 주변의 평평한 땅을 찾아냈고 두 손으로 땅을 파내기 시작했다. 다행히 날카로운 돌멩이를 발견하고는 더 빠르게 땅을 파낼 수 있었다. 다른 아귀가 덤벼들까 주위를 경계했지만 다행히 아귀의 숨소리는 들리지 않았다. 요하는 돌판을 깊숙이 묻고 기도하는 마음으로 암호로 쓰여진 나지막한 표식을 세웠다. 뜨거운 공기 때문에 간신히 숨을 쉬며 고통에 일그러진 얼굴로 한동안 표식을 말없이 바라봤고 그 순간 아귀의 세상을 잊었다.

갑자기 둔탁한 발걸음 소리가 점차 선명해지더니 커다란 형체가 산처럼 우두커니 서 있었다. 아귀들조차 두려워하는 저주받은 아귀가 갑자기 어둠 속에서 출몰한다는 소문이 나돌았기에 요하는 긴장한 채 주머니 속 비수를 확인했다. 짙은 어둠으로 처음에는 잘 보이지 않았지만 형체는 점차 또렷해졌다. 괴기스러운 모습을 한 아귀가 히죽거리며 웃었고 검은 수도복으로 가린 얼굴은 검푸른 딱지들이 두텁게 붙어 있었다. 어두운 기운이 사방으로 퍼져나갔고 오싹하고 소름돋는 파장이 진동했다. 이상하게도 낯익은 아귀의 눈빛에 당황한 요하는 애써 태연한 척하며 몸을 돌려 그곳을 떠나려 했다. 그러자 수도복을 입은 아귀는 요하의 어깨에 차가운 손을 얹었다.

"설마 나를 알아보지 못하는 것인가. 나는 제왕마도다. 내가 너를 이곳에 데려왔는데 기억조차 못 한다면 서운하지."

요하는 몸을 떨면서 뒤돌아보았다. 분명히 마도였다. 눈빛만은 여전히 마도의 냉혹한 눈빛이었다.

"모습이 많이 변했군. 그렇지만 눈빛을 보니 누군지 알아보겠어. 나를 이곳에 데려온 죄를 받았나 보군."

마도는 요하의 반말이 재밌다는 듯 히죽거리며 기다랗고 검은 손을 뻗어 요하의 목덜미를 조여왔다. 검은 손끝의 구부러진 손톱이 요하의 가는 목을 더 깊이 조여오다가 한숨 섞인 체념처럼 힘을 거둬들였다.

"그냥 죽이기는 아까우니 살려두는 것이다."

끊어졌던 호흡으로 헐떡거리며 겨우 공기를 들이마신 요하는 정신없는 중에도 결사대의 보안이 걱정되었다.

"나는 단지 이곳이 궁금해서 한 번 찾아온 거야. 설마 내 뒤를 밟은 건 아니겠지. 그럴 만큼 내가 중요한 아귀도 아니니까."

"나는 그대가 하는 일에 관심이 없어. 알고 싶지도 않고."

"아름다운 인간의 모습이었는데…. 어째서 아귀의 모습으로 나타난 거지? 칼산은 아귀들의 시신을 묻는 곳인데. 도대체 무슨 일로 이곳에…."

"옛정이 생각나서라고 해둘까. 갑자기 한 번은 만나야겠다고 생각했어."

요하는 마도의 말에 자신도 모르게 주먹을 불끈 쥐고 그를 노려봤다.

"너에게 겁먹고 비굴하게 살려달라고 할 생각은 조금도 없어. 다만 기억해둬. 나는 어떻게든 내가 있던 곳으로 돌아갈 거니까. 나의 귀향이 가장 큰 복수가 되겠지."

요하의 가슴속에서 격렬한 미움과 증오가 치밀어 올랐고 분노로 손끝까지 설여왔다. 그런 요하를 바라보는 마도는 이상하게 가슴이 시렸고 처음으로 슬픈 마음마저 스치고 지나갔다.

'저 여자를 처음 본 순간 나는 세상을 다 가진 듯 행복했었지. 내가 소멸하면 너의 기억은 되살아나겠지만 너의 알량한 인간으로서 살았던 기억을 위해 죽을 수는 없어. 내 사랑은 딱 그만큼이야. 즐길 수 있을 만큼의 관심이지.'

아귀가 되었어도 요하의 두 눈은 여전히 인간세상에서 본 것처럼 아름다웠다. 이제 자신은 더 이상 인간계에 갈 수도 없었고 인간의 정기를 마실 수도 없었다. 죽일놈의 천인이란 자가 나타나 자신의 앞길을 막아버렸다. 그런데 절망의 순간에 요하를 만나고 싶었다. 마도는 선심을 쓰듯 요하에게 말했다.

"요하, 아직도 대단한 착각을 하고 있군. 아귀는 아귀로 살아야 해. 아귀가 인간인 척하다니. 당신은 끔찍한 아귀일 뿐이야."

"그렇게 말해도 소용없어. 나는 내가 인간이라는 사실을 잊지 않아. 내 모습이 아귀라 하더라도 나는 인간으로 살아갈 거니까. 당신같이 아귀로 살다가 그렇게 죽을 수는 없으니까."

"인간계에서도 참 특이한 인간이었는데… 여전히 아귀계에서도 자신이 인간이라고 생각하는 이상한 아귀가 되었군. 나는 그 대장이란 자를 잘 알고 있는데 그자도 특이한 아귀였어."

요하의 안색이 어두워졌다. 마도는 요하의 기색을 놓치지 않았다.

"대장이란 자에 대해 얘기하니 놀라는군. 내가 쫓아낸 제왕을 어찌 모르겠어. 나는 늘 그자를 주시해왔지. 그자가 제왕의 옷을 걸쳤을 때 사람들은 그를 추앙했지만 넝마를 걸치고 쫓아내니 아무도 그를 알아보지 못했지. 나는 그를 그냥 쫓아내지 않았어. 공정한 아귀의 법정을 만들어 조작된 증거와 위증으로 법에 따라 심판한 거야. 아귀의 세상에도 재판은 존재하니까. 억울하게 자신의 심장을 할퀴며 쫓겨난 그자에게 나는 끝까지 충성하는 모습을 보이며 차마 죽이지 못하겠으니 거리로 내몰라며 자비롭고 관대한 제왕의 모습을 보였지. 모두가 내게 환호하고 나를 진정한 제왕으로 받들더군. 세상이 그렇게 재밌다니까. 아무도 대장이라는 자가 제왕이었다는 사실을 모르지. 아귀의 눈이란 있는 사실도 제대로 못 보게 하니까."

타들어가는 요하의 눈을 바라보며 마도는 요하의 귓가에 대고 속삭이듯 말했다.

"걱정 마. 그자를 죽일 이유가 없으니까. 검은숲에서 이미 죽었을지도 모르고."

"생각대로 되지 않을 거야. 대장은 너보다 훨씬 강하니까. 그런데 내 뒤를 밟은 이유가 있을 텐데… 그게 무엇이든 네 뜻대로 되지는 않을 거야."

"나에 대한 호기심이 아직 남아 있나 보군. 왠지 나를 이 지경으로 만든 천인이란 자와 그대가 무슨 연관이 있는 것만 같은 예감 때문이지. 나는 작은 단서라도 활용해야 하니까. 천인이란 자가 무슨 일로 이런 지옥에 와있는지 알아야겠어. 나는 도대체 이해할 수가 없으니까. 게다가 차원의 문을 열 수 있는 힘은 이제 천인에게만 있으니까. 나도 이곳을 탈출하고 싶어. 인간계로 같이 간다는 조건으로 서로 힘을 합하면 어떨까. 그대는 아직도 인간의 눈을 하고 있어서 천인의 마음을 움직일 수 있는 유일한 아귀이기도 하고. 이곳에 온 이유를 알 수만 있다면 모든 것을 예전으로 돌려놓을 수 있을 것만 같은데…."

"사악하고 가증스럽게 나를 이용하려는 너의 수작에 당하지 않아. 아망성에 잡혀 있던 내가 아니니까."

요하는 마도를 보며 갑자기 웃기 시작했다. 요하의 웃음소리는 한스러웠다. 웃음소리가 커질수록 아귀계의 하늘을 덮어버릴 듯 날카롭게 포효하더니 살기와 원한으로 공기를 가득 메웠다. 마도는 순간 멈칫했다. 요하의 고통이 즐거워야 하는데 요하의 웃음소리가 소름끼치게 무서워졌다. 마도는 도망치듯 어둠 속으로 사라졌고 흔적조차 없었다.

어둠 속으로 사라지는 마도를 보며 요하는 왜 살아야 하는지를 묻고 있었다. 검은숲에 있다는 대장의 말들이 다시 귓가를 맴돌았고 가슴이 찢기듯 아파왔다. 죽음은 너무나 가까이 있었고 삶은 언제나 멀리 있었다. 늘 배고프고 목마르며 숨조차 쉴 수 없는 이런 고통을 이제는 끝을 내야겠다는 생각만이 머릿속을 가득 메웠다. 마도 앞에서는 큰소리 쳤지만 혼자 남은 요하는 모질게 외롭고 사납게 아팠다.

작업장에는 난데없는 몸수색이 이루어졌다. 헬멧을 쓰지 않은 채 작업장에서 대기하는 아귀들은 도둑으로 몰릴까 두려워하며 자신의 차례를 기다렸다. 구역장이 멀리서 요하를 보며 손을 흔들었다. 자신을 따라오라는 신호였다. 요하는 한동안 말없이 서 있었고 결사대 조직원들이 걱정의 눈길을 보냈다.

'그래 죽을 때 죽더라도 싸우다가 죽자. 더 이상 저 놈에게 피를 빼앗길 수는 없어. 오늘은 죽기로 싸워야 한다.'

요하의 머릿속은 명쾌해졌고 구역장으로부터 도망쳐야겠다는 생각으로 오히려 몸의 기운이 솟아올랐다. 요하가 구역장에게로 발걸음을 돌리고 있을 때 흙먼지를 일으키며 달려오는 두 대의 마차가 있었다. 처음에는 형체를 알 수 없는 환영처럼 보였고 바퀴가 땅에 닿을 때마다 빛의 파동과 어둠의 갈망이

엇갈렸다. 마차를 끌고 있는 존재들의 형태는 희미했고 흑단의 골격과 검은비단 지붕은 무심하게 우아했다. 흑요석으로 조각된 바퀴가 땅 위를 스치며 지나갔고 신성함과 암울함이 어우러졌다. 마차는 멈춰섰다.

후미진 작업장에 진귀한 마차라니, 상상할 수도 없는 일에 놀란 아귀들은 하던 일을 멈추고 마차를 뚫어져라 쳐다봤다. 요하도 이런 광경이 처음이라서 구역장을 어떻게 처리할까 생각하며 동시에 상황을 지켜봐야 했다. 구역장과 반장들도 점차로 동공이 커지며 입까지 벌리고 마차를 보고 있다가 정신이 돌아온 듯 일제히 마차 앞으로 달려갔고 조금 후 마차의 문이 열렸다.

마차 안에는 인간의 얼굴을 한 남자가 있었다. 당당한 체구와 곧게 편 허리를 꼿꼿이 세운 젊은 남자는 주변을 둘러보며 서서히 마차에서 내렸다. 검은 천에 금빛 자수가 새겨진 롱코트는 남자가 움직일 때마다 다른 색채로 빛을 내다가 사라지곤 했다. 그의 신발은 아무런 소리도 내지 않으며 세상의 소리를 빨아들이는 듯한 착각을 일으켰다.

남자의 얼굴은 챙이 넓은 패도라 모자 때문에 잘 보이지 않았다. 마차를 탈 수 있는 신분은 아귀계에서도 최고 권력이어야 가능했기에 당황한 구역장과 반장들은 허둥대며 남자 앞에서 허리를 숙이고 고개를 들지 못했다. 남자는 넓게 펼쳐진 작업장을 한눈에 바라보더니 또렷한 어조로 간결하게 말했다.

"2684를 데려와라."

남자의 말이 끝나자 마자 일제히 시선은 요하의 가슴에 새겨진 번호를 향했다. 구역장은 재빨리 요하를 끌어다가 남자의 발밑에 무릎 꿇렸다. 당황한 요하의 얼굴을 바라보던 남자는 모자를 더 깊이 눌러 쓰고는 요하에게 손을 내밀었다.

"일어나세요."

요하는 남자의 손을 흘끗 보고는 혼자서 천천히 일어섰다. 작업장에 있는 아귀들은 지금 벌어지고 있는 일들이 믿기 어려웠지만 요하가 안전할 것만 같아 속이 뒤틀렸다. 반면 결사대 조직원들은 요하가 위험할까봐 가슴을 졸이며 지켜봐야 했다. 요하에게 빼앗은 피로 얼굴이 좋아진 구역장은 여러모로 걱정이 되기 시작했다.

"제…제국의 성에서 오신 것 같은데…. 누… 누구신지 저희가 알지 못합니다."

그러자 남자를 둘러싼 아귀무사들이 일제히 구역장에게 칼을 겨누었다.

“잘… 잘 못했습니다. 목숨만 살려주세요… 제발 목… 목숨만….”

“제왕을 몰라보다니 미련한 놈, 내가 너를 죽여야겠다.”

칼날이 구역장의 목을 치려는 순간, 제왕은 손을 들어 올리며 멈추라고 명령했다.

“오늘은 좋은 날이구나. 너는 오늘 목숨을 구했지만 내일 죽게 될지도 모를 일이야. 감옥으로 이 자를 데려가라”

아귀무사들은 신속히 구역장의 완장을 떼어내고 두 손을 묶고는 다른 아귀에게로 인계했다. 한동안 무서운 정적이 흘렀고 반장들은 공포로 몸이 굳어졌다. 혹시라도 감옥으로 끌려갈까 두려워 시선을 땅으로 떨구고 눈치를 살피기에 급급했다.

제왕은 요하에게 따뜻한 음성으로 말을 건넸다.

“나와 함께 가시지요.”

요하는 새로운 제왕의 말을 이해할 수가 없었다.

‘나를 데려가서 죽이려는 것일까….’

요하는 미동도 하지 않았다. 결사대 조직원들의 얼굴은 굳어졌고 요하를 구하기 위해 무엇이라도 해야 했다. 서로가 서로의 달이 되어주라던 대장의 말을 결사대 조직원들은 일시에 떠올렸다. 집단행동으로 자신들의 실체가 드러나면 죽을 수도 있지만 결사대 조직원들은 서로의 눈빛을 주고 받으며 요하를 지키기로 결의를 다졌다. 결사대 조직원들 하나하나는 약속이라도 한 듯 일제히 요하를 촘촘히 둘러싸고 방어했다. 아귀인 그들이 처음으로 누군가를 위해서 뭉치고 함께 하는 순간이었다. 그들의 눈빛에는 긍지와 두려움, 희망과 절망이 얽혀 있었다. 요하의 눈가에 눈물이 맺혔지만 결사대를 죽게 할 수는 없었다.

"대장이 우리를 자랑스러워 할 겁니다. 저는 살아 돌아올 거예요. 그러니 걱정 마시고 저를 보내주세요."

결사대는 이제 그 무엇도 두렵지 않았다. 서로에게 달이 되어줄 수만 있다면 비루하고 모진 인생에서 더 필요한 것은 아무것도 없었다. 처음 느껴보는 용기와 결기만이 그들의 심장을 뛰게 했다. 결사대는 물러서지 않았다. 작업장의 다른 아귀들은 결사대의 행동에 놀라서 한동안 눈치를 살피기에만 급급했다. 곧 칼날에 베어질 저들의 피와 살을 생각하니 자신도 모르게 입꼬리가 올라갔고 그들의 죽음이 가져올 이익을 철저히 계산했다. 곧바로 새로운 제왕의 목소리가 무거운 침묵을 깨트렸다.

"지금 그대들은 아귀들의 명예를 지켰다. 이제 너희들로부터 아귀세상이 변화할 것이다. 내가 요하님을 헤치려는 것이 아니라 초대하는 것이니 염려하지 말아라."

작업장에 있던 모든 아귀들은 심지어 아귀무사들까지도 자신들의 귀를 의심했다. 인간의 얼굴을 한 제왕이 미천한 아귀에게 초대를 한다니 세상이 뒤집어질 말이었다. 신속히 작업장의 공기는 달라졌고 처음으로 이상하리만큼 평온해졌다.

제왕은 마차 앞에서 허리를 약간 숙여 직접 문을 열어주었고 요하를 안전하게 마차에 태웠다. 그의 모습에는 세심한 배려와 예의가 깃들어 있었고 진심이 느껴졌기에 어색하지 않았다. 아귀들은 경이로움으로 마차에 가까이 다가가며 자신들도 모르게 손을 흔들었다. 그들의 기괴한 얼굴 근육이 처음으로 환하게 웃어 보였다. 처음으로 명예로운 길을 내딛는 날이었다.

달리는 마차 안에 둘만이 앉아있었다. 제왕은 요하의 상처난 얼굴, 손등과 팔다리에서 흘러나오는 짓물을 눈여겨보았다. 그의 눈은 간혹 안개처럼 뿌옇게 흐려졌다. 요하는 마차 안의 고요한 적막 속에 처음으로 제왕의 얼굴을 제대로 볼 수 있었다. 그의 곱슬거리는 회색 머리카락은 어깨까지 내려와 있었

Philos 001-003

경이로운 철학의 역사 1-3

움베르토 에코·리카르도 페드리가 편저 | 윤병언 옮김

문화사로 엮은 철학적 사유의 계보

움베르토 에코가 기획 편저한 서양 지성사 프로젝트
당대의 문화를 통해 '철학의 길'을 잇는 인문학 대장정

165*240mm | 각 904쪽, 896쪽, 1,096쪽 | 각 98,000원

Philos 004

신화의 힘

조셉 캠벨·빌 모이어스 지음 | 이윤기 옮김

왜 신화를 읽어야 하는가

우리 시대 최고의 신화 해설자 조셉 캠벨과
인터뷰 전문 기자 빌 모이어스의 지적 대담

163*223mm | 416쪽 | 32,000원

Philos 005

장인: 현대문명이 잃어버린 생각하는 손

리처드 세넷 지음 | 김홍식 옮김

"만드는 일이 곧 생각의 과정이다"

그리스의 도공부터 디지털 시대 리눅스 프로그래머까지
세계적 석학 리처드 세넷의 '신(新) 장인론'

152*225mm | 496쪽 | 32,000원

Philos 006

레오나르도 다빈치: 인간 역사의 가장 위대한 상상력과 창의력

월터 아이작슨 지음 | 신봉아 옮김

"다빈치는 스티브 잡스의 심장이었다!"

7,200페이지 다빈치 노트에 담긴 창의력 비밀
혁신가들의 영원한 교과서, 다빈치의 상상력을 파헤치다

160*230mm | 720쪽 | 68,000원

Philos 007

제프리 삭스 지리 기술 제도: 7번의 세계화로 본 인류의 미래

제프리 삭스 지음 | 이종인 옮김

지리, 기술, 제도로 예측하는 연결된 미래

문명 탄생 이전부터 교류해 온 인류의 70,000년 역사를 통해
상식을 뒤바꾸는 협력의 시대를 구상하다

152*223mm | 400쪽 | 38,000원

Philos 018

느낌의 발견: 의식을 만들어 내는 몸과 정서

안토니오 다마지오 지음 | 고현석 옮김 | 박한선 감수·해제

느낌과 정서에서 찾는 의식과 자아의 기원

'다마지오 3부작' 중 두 번째 책이자 느낌–의식 연구에
혁명적 진보를 가져온 뇌과학의 고전

135*218mm | 544쪽 | 38,000원

Philos 019

현대사상 입문: 데리다, 들뢰즈, 푸코에서 메이야수, 하먼, 라뤼엘까지 인생을 바꾸는 철학

지바 마사야 지음 | 김상운 옮김

인생의 '다양성'을 지키기 위한 현대사상의 진수

이해하기 쉽고, 삶에 적용할 수 있으며,
무엇보다도 마음을 위로하고 격려하는 궁극의 철학 입문서

132*204mm | 264쪽 | 24,000원

Philos 020

자유시장: 키케로에서 프리드먼까지, 세계를 지배한 2000년 경제사상사

제이컵 솔 지음 | 홍기빈 옮김

당신이 몰랐던, 자유시장과 국부론의 새로운 기원과 미래

'애덤 스미스 신화'에 대한 파격적인 재해석

132*204mm | 440쪽 | 34,000원

Philos 021

지식의 기초: 수와 인류의 3000년 과학철학사

데이비드 니런버그·리카도 L. 니런버그 지음 | 이승희 옮김 | 김민형 추천·해제

서양 사상의 초석, 수의 철학사를 탐구하다

'셀 수 없는' 세계와 '셀 수 있는' 세계의 두 문화,
인문학, 자연과학을 넘나드는 심오하고 매혹적인 삶의 지식사

132*204mm | 626쪽 | 38,000원

Philos 022

센티언스: 의식의 발명

니컬러스 험프리 지음 | 박한선 옮김

따뜻한 피를 가진 것만이 지각한다

지각 동물, '센티언트(Sentients)'의 기원을 찾아가는
치밀하고 대담한 탐구 여정

135*218mm | 340쪽 | 30,000원

Philos 023

혐오: 우리는 왜 검열이 아닌 표현의 자유로 맞서야 하는가?

네이딘 스트로슨 지음 | 홍성수·유민석 옮김

결국 우리는 적의 언어가 아니라 친구들의 침묵을 기억할 것이다

차별에 맞서는 가장 강력한 해법 '대항표현'을 말하다

132*204mm | 332쪽 | 28,000원

Philos 024

인덱스: 지성사의 가장 위대한 발명품, 색인의 역사

데니스 덩컨 지음 | 배동근 옮김

찾고자 하는 지식이 어디 있는지를 아는 자는 그것의 획득에 근접해 있다

지식문화에 혁신을 가져온 경이로운 도구, 색인(index)에 관하여

132*204mm | 488쪽 | 35,000원

Philos 025

미국이 만든 가난: 가장 부유한 국가에 존재하는 빈곤의 진실

매슈 데즈먼드 지음 | 성원 옮김 | 조문영 해제

사람을 섬기는 자본주의는 가능한가?

빈곤층을 착취하는 미국 부유층의 민낯과,
끊임없이 이어지는 가난에 대한 통찰

132*204mm | 416쪽 | 32,000원

Philos 026

생명 그 자체의 감각: 의식의 본질에 관한 과학철학적 탐구

크리스토프 코흐 지음 | 박제윤 옮김

세계적 신경과학자가 밝히는 의식 연구의 최전선

현대 의식 이론의 가장 유력하고 논쟁적인 이론,
통합정보이론(IIT)을 말하다

135*218mm | 432쪽 | 38,000원

Philos 027

제로에서 시작하는 자본론

사이토 고헤이 지음 | 정성진 옮김

15만 독자가 사랑한 궁극의 자본론 입문서

자본주의로부터 부를 되찾기 위한,
전 세계가 주목하는 젊은 석학의 담대한 통찰

132*204mm | 260쪽 | 28,000원

Philos 028

뉴딜과 신자유주의: 새로운 정치 질서는 어떻게 탄생하는가

게리 거스틀 지음 | 홍기빈 옮김

뉴딜 질서의 폐허에서 출현해 전 세계를 지배한 신자유주의 역사에 대한 총체적 이해

지난 100년간 좌우가 함께 일군 정치 질서의 두 얼굴

132*204mm | 680쪽 | 40,000원

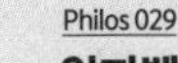

Philos 029

알파벳의 발명: 문자의 기원을 향한 탐구의 역사

조해나 드러커 지음 | 최성민·최슬기 옮김

지성사·문화사 최초 학문의 대상으로서 '알파벳'을 탐구하다

고대 그리스 역사에서부터 현대의 프로그래밍언어까지
수 세기를 관통하는 전 지구적 문자의 정치학

175*240mm | 424쪽 | 48,000원

Philos 030

크랙업 캐피털리즘: 시장급진주의자가 꿈꾸는 민주주의 없는 세계

퀸 슬로보디언 지음 | 김승우 옮김

"민주주의 없는 자본주의"의 요새를 만드는 법

시장을 위한 완벽한 공간을 찾으려는 자유지상주의자들을 추적한
현대 자본주의 역사 연구의 걸작

132*204mm | 476쪽 | 36,000원

Philos 032

헬렌 켈러: '기적'에 가려진, 사회운동가의 정치 역정

맥스 월리스 지음 | 장상미 옮김

젠더, 계급, 인종 문제에 앞장선 시대를 초월한 저항 정신

뉴욕타임스 베스트셀러 전기작가, 인권운동가 맥스 월리스가 쓴
사회운동가로서 헬렌 켈러의 삶을 조명한 최고의 평전

132*204mm | 592쪽 | 44,000원

Philos 033

전쟁의 유령: 국제공산주의와 제2차 세계대전의 기원

조너선 해슬럼 지음 | 우동현 옮김

누구도 바라지 않았던, 그러나 누구도 피할 수 없었던 제2차 세계대전 발화의 비밀

전 세계 문서보관소에서 복원한 생생한 전간기 외교 현장의 기록

154*234mm | 636쪽 | 44,000원

— Philos 시리즈는 계속 출간됩니다.

Philos 013

법, 문명의 지도: 세계의 질서를 만든 4000년 법의 역사

퍼난다 피리 지음 | 이영호 옮김

법, 권력 행사의 도구인가 저항의 수단인가

고대 메소포타미아의 법에서부터 현대 국제법까지
전 세계 법체계의 흥망성쇠를 통해 본 인류 문명사

152*225mm | 640쪽 | 40,000원

Philos 014

권력의 조건

도리스 컨스 굿윈 지음 | 이수연 옮김

마음을 얻는 것이 권력의 시작이다

퓰리처상 수상 역사학자 도리스 컨스 굿윈이 분석한
통합과 화해의 링컨 리더십

162*234mm | 832쪽 | 58,000원

Philos 015

자유주의와 그 불만

프랜시스 후쿠야마 지음 | 이상원 옮김

역사의 '승자'였던 자유주의는 어떻게 왜곡되었나

자유주의의 승리를 선언한 문제적 석학의 신작
자유주의에 대한 가장 신랄한 비판이자 가장 예리한 옹호

132*204mm | 264쪽 | 24,000원

Philos 016

광장과 타워: 프리메이슨에서 페이스북까지, 네트워크와 권력의 역사

니얼 퍼거슨 지음 | 홍기빈 옮김

네트워크는 어떻게 권력의 기원이 되었나

역사가들의 역사가, 니얼 퍼거슨이 포착한
광장과 타워 사이의 오래된 힘과 새로운 반격의 단층면

148*210mm | 880쪽 | 52,000원

Philos 017

라이어스: 기만의 시대, 허위사실과 표현의 자유

캐스 선스타인 지음 | 김도원 옮김

법철학 관점으로 '표현의 자유'를 다시 생각하다

가짜 뉴스, 혐오 표현이 난무하는 시대,
민주주의를 훼손하는 거짓을 어떻게 판단할 것인가

132*204mm | 272쪽 | 24,000원

Philos 008

둠 재앙의 정치학: 전 지구적 재앙은 인류에게 무엇을 남기는가

니얼 퍼거슨 지음 | 홍기빈 옮김

세계적 경제사학자 니얼 퍼거슨 최고의 역작

새로운 재난은 어떻게 찾아올 것인가?
재앙에 보다 냉철하게 대응하기 위한 문명사적 고찰

152*225mm | 752쪽 | 38,000원

Philos 009

알렉산더 해밀턴: 현대 자본주의 미국을 만든 역사상 가장 건설적인 정치가

론 처노 지음 | 서종민·김지연 옮김

미국은 왜 지금 알렉산더 해밀턴에 열광하는가?

22,000페이지 사료를 바탕으로 세밀하게 추적한
현대 미국의 설계자 알렉산더 해밀턴의 일대기

152*225mm | 1,428쪽 | 80,000원

Philos 010

사고의 본질: 유추, 지성의 연료와 불길

더글러스 호프스태터·에마뉘엘 상데 지음 | 김태훈 옮김 | 최재천 감수

유추가 모든 사고의 핵심이다!

'유추'에 대한 관심으로 시작한 두 학자의 지적 교류
사고에 대한 인문학적 통찰을 과학자의 언어로 풀다

158*235mm | 768쪽 | 58,000원

Philos 011

느낌의 진화: 생명과 문화를 만든 놀라운 순서

안토니오 다마지오 지음 | 임지원·고현석 옮김 | 박한선 감수·해제

감정 연구의 권위자 안토니오 다마지오의 대표작

다마지오 3부작을 이해하는 핵심 저작
'느낌'을 통해 인간중심적 사유를 뒤집다

135*218mm | 392쪽 | 34,000원

Philos 012

편지 공화국: 세상의 모든 지식을 연결한, 가장 은밀하고도 위대한 연대

앤서니 그래프턴 지음 | 강주헌 옮김 | 김정운 추천·해제

시대와 국경을 초월한 지식 공동체

유럽 지성들의 비밀스러운 유토피아, 편지 공화국
학문을 향한 열정과 우정이 빚어낸 눈부신 인류 지성의 역사

145*210mm | 648쪽 | 38,000원

창조적 시선

인류 최초의 창조 학교 바우하우스 이야기

김정운 지음 | 윤광준 사진 | 이진일 감수

'창조성'의 구성사(構成史)에 관한 탁월한 통찰!

김정운의 지식 아카이브 속 가장 중요한 키워드
'바우하우스'를 통해 풀어낸 창조적 시선의 기원과
에디톨로지의 본질. 바우하우스 로드를 직접 걸으며 밝혀낸,
경계와 범주를 넘나드는 창조적 사고의 계보학.

160*230mm | 1,028쪽 | 108,000원

행복의 기원

인간의 행복은 어디서 오는가

서은국 지음

뇌 속에 설계된 행복의 진실

행복이 인생의 목표가 될 수 있을까?
행복하기 위해 사는 게 아니라, 살기 위해 행복을 느낀다면?
문제적 베스트셀러 『행복의 기원』의 출간 10주년 기념 개정판.
진화론의 렌즈로 밝히는 인간 행복의 기원.

136*210mm | 236쪽 | 22,000원

Philos Feminism 005

스티프트

배신당한 남자들

수전 팔루디 지음 | 손희정 옮김

미국 전역에서 '여자를 싫어하는 남자들'을 인터뷰한 르포르타주

『백래시』의 저자 수전 팔루디의 또 다른 대표작
박탈감으로 들끓는 현대 남성의 초상화를 그리고
수그러들지 않는 젠더 전쟁의 근원을 추적하다!

132*204mm | 1,144쪽 | 70,000원

는데 우수에 젖은 듯한 그의 눈빛과 잘 어울렸다. 반듯한 콧날과 단정한 입술은 그가 신중한 사람이라는 것을 보여주듯 기품이 흘렀다.

마차는 가스등이 켜져 있는 작은 길을 따라 내달렸다. 작업장이 있는 작은 도로를 벗어나 길이 크게 열리자 마차는 더 빠른 속도로 달리기 시작했다. 드디어 눈앞에 거대한 아망성이 드러났다. 악마의 이빨처럼 성의 앞머리는 무시무시한 톱니가 돌아가며 문을 지켰다. 성 안으로 허락받지 못한 존재가 들어가려 했다가는 잘려 나갈 것이 분명했다. 마차가 아망성의 문 앞에 당도하자 날카로운 톱니가 동작을 멈추었고 아귀무사들이 문을 열었다.

마차가 안으로 들어갔고 새로운 세상이 펼쳐졌다. 남루한 거리와 집들이 아니었다. 아망성은 하나의 도시처럼 거대했다. 제왕과 요하가 마차에서 내렸고 성 안에서 미리 마중 나온 아귀들은 일제히 그를 중심으로 뒤따라 걸어갔다.

제왕은 요하를 자신의 처소로 안내했다. 예전 마도가 있을 때와는 달리 제왕의 처소에는 향기가 가득했다. 요하는 향기로운 처소에서 주위를 살피며 제왕이 어떤 인간인지를 생각하고 또 생각했다. 제왕은 요하를 보며 나직히 말했다.

"아무 걱정하지 말아요. 당신을 죽이려는 것이 아닙니다. 또한 어떤 폭력도 없다는 것을 약속해요. 그러니 공포로 떨지 말아요. 당신의 공포는 나를 힘들게 하니까요."

요하는 제왕을 똑바로 쳐다보며 물었다.

"마도제왕처럼 인간의 정기를 빨아들여서 인간의 얼굴을 하고 있나 보군요. 그렇게 멀쩡해 보여도 제왕께서는 마도와 똑같은 악마에 불과해요."

그러자 제왕은 잔잔히 미소지으며 요하의 두 눈을 들여다보고 요하의 듬성듬성한 머리카락을 안쓰러움이 가득한 눈길로 살폈다.

"요하, 나는 당신을 만나기 위해 이곳으로 왔어요."

요하는 얼음처럼 차갑게 그를 쳐다보며 비웃 듯 말했다.

"도무지 이해할 수가 없군요."

"지금 말해도 이해하지 못할 겁니다. 그대가 죽으려 했던 것도 잘 알고 있습니다. 그러나 목숨보다 소중한 것은 없어요. 아귀로 사는 삶도 소중한 생입니다. 그대를 함부로 대하는 것은 차마 볼 수가 없습니다."

"어떻게 나에 대해 그렇게 잘 알 수가 있죠? 내 이름도 나의 삶까지도…."

제왕은 아무 말도 하지 않았다. 둘 사이에는 긴 침묵이 이어졌다. 요하는 제왕의 말에 자신이 저질렀던 수많은 잘못들을 기억해냈다. 아귀들과의 삶을 견딜 수 없어 벼랑에 떨어지려 했던 과거의 그림자가 하나하나 떠올랐다. 제왕의 떨리는 목소리는 무거운 공기를 깨뜨렸다.

"황당하게 들리겠지만 나는 당신과 결혼하고 싶습니다. 내 청혼을 받아들이기에 아직 너무 이르다는 것을 잘 알고 있습니다. 단지 나의 마음을 전하는 것입니다."

"오늘 처음 만났는데… 무슨 말씀을 하시는지 모르겠군요. 아직 저는 제왕을 모릅니다. 아무리 제왕이라 하더라도 저의 마음을 권력으로 살 수는 없어요. 게다가 제왕과 저는 어울리지 않아요. 분명 저라는 제물이 필요해서 저를 이용하려는 것이겠죠. 제왕인 당신이 못할 일은 없겠지만 강제로 하는 결혼은 서로를 불행하게 만들 거예요."

"잘 알고 있습니다. 당신이 청혼을 받아들이지 않는다면 그 또한 존중합니다. 절대로 괴롭히는 일은 없습니다."

"믿을 수가 없군요. 갑자기 나타나서는…. 도무지 상황이 이해가 되지 않아요."

"내가 싫거나 두려울 수 있어요. 나도 그대와 똑같은 아귀의 모습을 하고 싶지만 그것은 내 힘으로 할 수 있는 일이 아니에요."

"거짓말이에요."

"진심입니다. 나는 마도가 아닙니다. 인간의 정기를 빨아들이며 그들의 생명을 탐하지 않습니다. 인간계로 갈 필요도 없고 이곳 저곳을 헤매지도 않아요. 더구나 요하, 그대를 강압하거나 배신하는 일은 절대로 없을 겁니다."

요하는 제왕의 눈을 깊게 들여다보았다. 제왕의 눈동자는 수많은 번민들이 오고 갔지만 요하는 아무것도 느끼지 못했다. 제왕은 아귀로 변해버린 요하의 모습보다 자신을 비웃고 있는 요하의 차가운 심장이 더 저리고 아팠다. 제왕은 요하의 눈빛을 살피며 말했다.

"당신을 우연히 만난 것이 절대 아닙니다. 이 세상에 우연은 없어요. 대부분 일어날 일이 일어나니까요. 나는 당신을 위해 이곳으로 왔어요. 그렇지만 요하, 당신은 아무것도 기억하지 못하는군요. 이 모든 일들이 어쩌면 당신의 선택으로 시작된 것일지도 모릅니다."

제왕의 두 눈은 깊은 슬픔으로 얼룩져 있었다. 요하는 마도를 떠올리며 제왕의 얼굴을 차갑게 쳐다봤다. 수많은 아귀들에게 배신과 모멸을 수없이 당했는데, 이런 말도 안 되는 수작을 하다니 어이가 없었다.

"제 선택이었다고요? 제가 이런 불행과 고통을 선택했다는 말인가요. 그건 말도 안 되는 일이에요. 내가 깨어난 곳은 성 안이었고 마도가 말하기를 자신이 저를 인간계에서 데려왔다고 했어요. 납치당한 거죠. 원래 있던 자리로 돌아가고 싶을 뿐이에요. 제왕이시여. 저를 인간계로 보내주세요."

제왕은 안타까운 듯 아무 말도 하지 않았고 요하는 성급한 자신의 요구가 갑자기 미안해졌다.

"아직 이름도 모르는군요."

"내 이름은 천우입니다. 제왕이라 하지 마시고 그냥 천우라고 부르시면 됩니다."

"…."

"조금만 더 생각할 시간을 줄 테니 다시 생각해 보길 바랍니다. 나는 그대가 원하는 것을 해주고 싶습니다. 그렇지만 인간계로 가는 일은 차원의 문을 열어야 합니다. 잘못하다가는 수많은 아귀들이 인간계로 빠져나갈 수 있어요. 그것은 매우 위험한 일입니다."

"제가 나가고 나면 차원의 문을 지키는 수비장을 세워 놓으세요. 아귀계에서 가장 용맹하고 싸움을 잘 하는 수비장을 그곳에 세워 놓으면 안전할 거예요."

"생각해 보겠소."

천우는 대기 중인 강휘를 불렀다.

"강휘 대장군, 어서 월영단을 가져와라."

강휘는 아귀답지 않게 팔다리에 힘이 있었고 움직일 때조차도 다른 아귀들처럼 팔다리의 마찰이 크지 않았다. 강휘는 달그림자로 만든 비단이라는 월영단을 천우에게 올렸고 천우는 월영단을 숄처럼 요하의 어깨 위에 덮어주었다.

"뜨거움으로부터 당신을 보호해 줄 것이오."

요하는 처음으로 아귀계에서 안심할 수 있었다. 잠시 쉴 수 있었고 무엇보다 자신을 존중해주는 눈빛에 안도했다. 요하는 월영단을 뺨 위로 끌어와 시원하고 신선한 촉감을 느꼈다. 베이고 찢기고 뜨거움에 살이 녹아내려서 짓무른, 거칠고 상처받은 살갗들이 차가운 옷감으로부터 보호받았다. 기억을 잃어버렸지만… 말도 안 되는 생각이지만, 언젠가 천우를 만났던 것 같은 착각이 일어나기도 했다. 천우는 요하의 피곤한 얼굴을 안쓰럽게 바라보다가 강휘에게 요하를 쉴 곳으로 안내하라고 말하고는 일어나 요하에게 예를 표했다. 강휘는 인간의 모습을 한 제왕이 흉측한 아귀에게 경배를 하는 모습에 충격을 받았지만 왠지 가슴속이 뜨거워졌다. 요하는 강휘를 따라가면서도 검은숲에 있다는 대장이 걱정이 되어 주위를 살필 겨를이 없었다.

이제 마도의 시대는 끝이 났다고들 했다. 요하는 새로운 제왕 천우를 통해 어떻게 살아남을 것인가를 생각하고 또 생각했다. 무엇보다 요하는 자신이 떠나온 인간계에 돌아가고 싶었다. 귀향, 그것이야말로 자신이 살아 있는 이유였다.

'사람의 얼굴을 하고 있다고 해서 저 자가 인간이라는 증거는 아니니까. 마도도 인간의 얼굴을 했지만 여전히 아귀였잖아. 그렇지만 천우님이 이곳의 제왕이 된 이후 이 성 안의 공기도 달라진 느낌이야. 성 안의 아귀들도 뭔가 다른 아귀들 같아.'

요하는 화려한 장식의 문양을 한 방으로 안내받았고 천천히 방 안으로 들어갔다. 그곳에는 재인이 서 있었다. 요하는 재인을 보자 힘껏 달려가 재인을 두 팔로 꼭 끌어안았다. 두 여자의 배가 너무 부풀어서 서로 안기가 어려웠지만 요하는 기다란 팔로 재인의 목을 부여안았다. 재인도 요하를 만난 기쁨 때문인지 처음으로 웃어 보였다.

"요하님, 오신다는 소식을 들었습니다. 기다리고 있었습니다. 우선 상처부터 치료하겠습니다."

재인은 요하를 조심스럽게 쳐다보다가 요하의 목줄기의 핏자국을 보며 말했다.

"요하님의 상처는 깊습니다. 아귀의 독이 들어 있어요. 먼저 제대로 된 치료부터 받아야겠습니다. 모든 상처를 한 번에 낫게 하는 약이 있어요. 제왕께서 요하님의 상처를 치료하라고 보내 주신 것이죠. 잠깐만 기다리세요."

재인은 선반 위에 놓인 작은 상자를 열었고 상자 안에 있는 내용물을 깨끗한 작은 주걱으로 꺼내어 요하의 얼굴이며 목줄기, 화상을 깊게 입은 오른쪽 발목 등 상처가 있는 곳에 천천히 바르기 시작했다.

"연고라고 불리는 건데 아귀계에서는 볼 수 없는 귀한 것이죠."

요하는 자신의 얼굴과 목덜미를 만져보았고 얼굴의 우둘투둘하게 돋아난 상처들, 열구덩이에서 만들어진 수많은 팔다리의 수포들, 괴이하게 곪은 곳을 살피기 시작했다. 놀랍게도 순식간에 모든 상처들이 치유되어 흔적조차 사라졌다. 재인은 요하의 상처가 낫자 기쁜 마음으로 말했다.

"요하님, 예전처럼 머리를 빗겨드리고 싶습니다."

요하는 어깨를 움쭐거리며 재인에게 멋쩍게 말했다.

"예전에도 그랬지만 지금의 저는 머리카락이 더 없어졌어요. 빗질할 머리가 남아 있지 않은걸요."

"작은 것이라도 해드리고 싶어서요. 우리는 같은 고향에서 왔으니까요."

재인은 머리를 단정하게 틀어 올렸고 눈매는 부드러웠다. 아귀치고는 살집이 있어서 팔과 다리가 뼈만 남아 있는 성 밖 존재들과는 확연히 구별되는 모습이었다. 무릎을 살짝 덮는 깔끔한 흰옷를 입고 있었는데 그녀의 볼록하게 튀어나온 배를 자연스럽게 감추었다.

"제왕께서 이곳에 오신 이유는 요하님 때문이라고 들었습니다. 성 안의 아귀들은 모두 그렇게 알고 있어요."

"그렇지만 제왕은 처음 보는 분인걸요."

재인은 요하의 말에 잠시 무엇인가를 깊이 생각하더니 요하에게 물을 따라주고는 작은 손거울을 건넸다. 성 안에서만 볼 수 있는 진귀한 거울을 들여다보는 요하는 자신도 모르게 거울 속으로 빠져들었다. 거울 속 요하는 비틀어지고 바짝 말라붙어 메마르고 지친 모습이었다. 입술은 하얗게 핏기라고는 찾아볼 수 없었고 시련과 고통에 시달린 생의 흔적이 깊게 패인 주름으로 남겨졌다. 약을 발라서인지 짓물은 더 이상 흐르지 않았고 상처도 말끔했지만 요하라는 낯선 아귀가 덩그러니 자신을 바라보고 있었다. 요하는 사막의 달처럼 커다란 자신의 두 눈동자를 멍하게 들여다보며 씁쓸하게 자신의 뺨을 매만졌다.

오랫동안 씻지 않아서인지 꼬질꼬질한 머리카락은 마구 엉켜 있었다. 요하는 머리카락을 뒤로 넘기며 웃어도 보고 찡그리기도 하며 한동안 고개를 갸우뚱거리며 자신을 탐색했다. 이윽고 자신에 대한 혐오감으로 속이 뒤틀리고 우울함이 머리를 가득 채웠다. 요하는 옆에 앉아 있는 재인에게 멋쩍게 고개를 돌렸다. 재인은 거울에 비친 요하의 모습을 보며 말했다.

"오랜만에 거울을 보시니 아마도 낯설게 느껴지실 겁니다."

"저는 여전히 너무나 못생기고 흉측하군요. 소름 끼치게 앙상하고 볼품 없는 데다 더럽고 서글프게 생겼네요."

"요하님…."

"보세요. 이전에도 지금도 여전히 저의 얼굴은 역겨워요. 제

눈은 지나치게 커서 보기만 해도 불균형의 극치인 걸요."

재인은 요하의 말에 당황한 듯 조금은 단호한 목소리로 힘을 주어 말했다.

"그렇지 않아요. 요하님, 이 세상에 아름답고 추한 것은 없습니다. 거울은 아름답고 추한 것을 구분하지 않아요. 거울 속에 시간과 싸우지 않고 진실을 찾는 요하님이 있잖아요. 그런 요하님을 경멸하다니요."

재인은 혼란스러웠다. 요하를 걱정하고 좋아했지만 이제는 모든 것들이 뒤섞여 정신을 잃을 지경이었다. 재인은 요하의 머리를 빗겨주면서 천우제왕을 생각했다. 이런 감정이 사랑일 거라 느끼면서 처음으로 요하가 사라져버렸으면 좋겠다는 마음도 일어났다. 요하만 없다면 인간이었던 자신은 누구보다 제왕의 사랑을 받기에 충분한 자격이 있었다. 갑자기 요하에 대한 증오심이 꿈틀거렸고 증오심은 눌러도 눌러도 계속 올라왔다. 요하를 죽일 수 있는 온갖 방법들이 머릿속에 떠올랐고 이리저리 흔들렸다. 요하의 목소리가 재인의 증오에 찬물을 끼얹었다.

"그런데요. 이상하게 들리겠지만 우리는 생각에 중독돼서 생각을 하지 않고는 못 배기는 것 같아요. 생각은 내가 하는

게 아닐지도 몰라요. 내가 하는 생각들은 알고 보면 조건 따라 달라지거나 생기거나 사라지더군요. 제 머릿속에는 일 초에도 수천 번의 생각이 오고 가니까요. 게다가 생각이 나를 억압할 때가 많아요. 때론 나를 죽이려 해요. 비참한 순간만을 비상하게 발견해서 지속적으로 생각하죠. 절망적인 기억만이 시도 때도 없이 떠올라요. 내게 참담함을 강요하는 거죠."

재인은 요하의 말을 들으며 인간으로 살았던 기억이 지금의 자신을 행복하게 하는지를 묻고 있었다. 과거의 찬란했던 기억들은 고통이 되어 흐르고 있었고 비참한 현실은 천벌처럼 느껴졌다. 과거의 일을 그대로 기억한 적은 없었는지도 모른다. 과거는 늘 다른 모습으로 떠올랐고 기억하고 싶은 대로 기억했으니까. 그래서 과거의 기억도 현재가 만들어낸 현재였다. 지금은 오로지 요하를 죽이고 싶었고 이런 감정이 요하에게 죄스럽기도 했다. 어찌 되었건 요하가 사라지기를 바라는 마음뿐이었다. 잠깐의 정적이 흐르고 재인은 자신의 생각을 들키기라도 할까 봐 정색을 하고 말했다.

"기억을 못 한다는 것을 너무 괴롭게 생각하지 마세요. 오히려 기억을 잃은 것이 다행인지도 몰라요. 저는 요하님이 행복하기를 간절히 바라고 있습니다."

요하의 등 뒤에서 재인의 눈물이 소리 없이 흐르고 있었다. 요하는 재인에게 사무치게 고마웠지만 아무 말도 할 수 없었다. 두 아귀녀는 서로 다른 마음으로 그렇게 오래도록 앉아 있었다.

요하는 재인의 안내에 따라 긴 방으로 들어갔다. 긴 방에 혼자 기다리고 있던 천우가 말없이 일어났다. 아름다운 모습의 천신과 볼썽사나운 아귀가 마주 앉은 기묘한 밤이었다. 곧이어 음식이 들어왔다. 천우의 지시에 따라 부드럽게 만들어진 음식으로 요하는 목넘김의 아픔을 조금은 잊을 수 있었다.

"고맙습니다. 이런 귀한 음식은 처음이에요."

"아닙니다. 편히 드세요. 하고 싶은 얘기도 천천히 하시고요. 제게는 솔직하게 말씀하셔도 됩니다."

요하는 알 수 없다는 듯 한참을 천우의 얼굴을 깊이 바라보며 경계를 게을리하지 않았다.

"어떻게 인간의 얼굴을 하고 계시는지는 모르겠지만 제왕께서는 우리 아귀들의 삶을 모르십니다. 아귀는 살기 위해 못할 것이 없어요. 척박하기 때문이라 하지만 스스로가 더 큰

지옥에 자신을 가두고 있으니까요. 아귀들은 다른 아귀의 목소리를 듣지 않아요. 오로지 오늘 먹을 물과 음식만을 원하기 때문에 다른 아귀의 눈동자를 들여다보는 일은 쓸모없는 일이 되어버렸죠. 이곳은 생지옥이에요. 더 이상 어느 누구도 서로에게 관심을 가지지 않아요. 깊은 증오로 서로를 미워하니까요. 결국은 옆에 있던 사람이 쓰러지면 그들의 생살마저도 물어뜯어 자신의 수명을 연장하려 하죠. 그렇지만 저는 그것이 얼마나 어리석은 일인지 잘 알고 있어요. 죽어가는 사람의 타들어가는 심장을 손톱으로 파헤치는 것은 결국 자신의 심장을 죽이는 일이니까요. 서로를 공격하고 파헤치며 그들은 악귀가 되어가고 악귀가 된 자신의 모습을 스스로가 잊지 못하죠. 결국 썩은 고기와 악취나는 물 한 모금에 자신의 모든 것을 던져버려요. 우리 아귀들은 그렇게 살고 있어요. 저도 보시다시피 아귀일 뿐이에요."

"요하, 당신은 아귀가 아니에요. 단지 지금 잠깐 아귀의 모습을 하고 있을 뿐입니다. 그러니 당신 스스로를 자책하지 말아요."

"저는 포기했거든요. 모든 것을 포기했어요. 아무 힘도 없는 내가 할 수 있는 일이 많지 않아요. 자포자기하는 것만이 내가 살 수 있는 길이니까요."

천우는 비로소 미소를 띠며 요하에게 말했다.

"사람들은 포기했다는 말의 의미를 모르죠. 포기한다는 것은 주저앉는다는 것이 아니에요. 있는 그대로 바라보는 것이죠. 그 상황을, 그 아픔을, 그 고통을 있는 그대로 마주하는 거예요. 그러면 천천히 자신이 처한 고통을 다시 바라보게 되죠."

요하는 자신도 모르게 웃고 있었다. 이상하게 천우와 있을 때는 하고 싶은 말들이 쏟아져 나왔고 편안하고 즐겁기까지 했으며 낯설게 다가온 설레임으로 심장이 뛰는 것을 비로소 자각했다. 그러나 인간의 얼굴을 한 남자를 믿을 수 없었다.

요하는 자신이 떠나온 그곳으로 돌아가고 싶었다. 고향이라는 곳에서 인간들을 만나고 싶었다. 자신이 인간계에서 왔다는 것을 들은 이후 요하는 늘 인간계로 가기를 꿈꾸었다. 이제 그 희망이 실현될지도 모를 일이었다.

천우와 요하는 자주 눈이 마주쳤고 그럴 때마다 천우의 미소는 요하를 따뜻하게 감쌌다. 요하는 조급했고 천우는 아파했다. 요하는 천우의 눈망울에 담긴 고통을 여전히 읽지 못했다.

"청혼이 진심인지 모르겠지만 생각 중이에요. 그런데 부탁이 있어요. 저를 인간계로 보내주세요. 제왕께서는 그럴만한 힘이 있습니다. 부디 저를 보내주세요."

천우의 근심 어린 얼굴에 그림자가 드리워졌다. 그렇지만 요하의 바램을 꺾을 수 없다는 것을 너무나 잘 알고 있었다.

"그렇게 인간계로 가기를 소망하는 이유가 납득이 되지 않아요."

천우는 자신의 마음속 상처를 보이고 싶지 않아 자리에서 일어나 창가로 걸어갔다. 그렇지만 그의 목소리에는 애절함과 슬픔이 배어 있었다.

"인간계에서 이곳으로 건너 왔지만 인간계로 돌아간다고 하더라도 아귀의 몸으로 살아야 합니다. 요하, 차원의 문을 열면 당신이 위험할 수 있어요. 마도는 당신을 이용하려 할 겁니다. 내가 마도를 죽이지 않은 이유는 당신과 아주 오래전 그 어떤 생명도 함부로 죽이지 않겠다고 약속했기 때문이오. 그러니 마음을 바꾸고 나와 함께 있어 주시오. 당신이 나와 결혼하면 우리는 원래대로 모든 걸 회복할 수 있으니까요."

요하는 천우의 말을 전혀 이해할 수 없었다. 약속이 가지는 무게와 믿음이 무엇인지도 알 길이 없었다.

"저와 오래전 한 약속이라니 저를 알고 계시나요?"

"지금은 제가 하는 말들을 미쳤다고 생각하겠지만 이해할 때가 올 겁니다."

요하는 인간계로 가겠다는 결심을 바꿀 생각이 전혀 없었고 천우는 그런 요하의 마음과 격하게 부딪쳤다.

"부디 결심을 바꿔주길 바라며 부탁하는 겁니다."

"죄송해요. 저는 인간계로 가겠습니다. 제왕의 걱정과 배려를 잊지 않을 거예요. 그리고 반드시 돌아오겠습니다."

"알겠습니다. 어쩌면 당신은 인간계로 다시 가서 배워야 할 것이 있나 봅니다. 너무 이른 이별이 나를 아프게 하지만 당신을 늘 기다리고 있을 겁니다."

천우의 목소리를 들으며 요하는 낯설지 않은 음성과 향기에 가슴이 내려앉았다. 알 수 없는 슬픔이 갑자기 차올랐지만 감정을 들킬까 두려웠다. 배신과 속임수에 속아 살며 마음에 굳은살이 박혀서인지 냉정한 마음을 유지하는 편이 낫다고 판단했다. 천우는 그런 요하를 바라보며 나지막하게 말했다.

"당신은 예전에도 늘 그랬어요. 안전하고 편안한 길보다는 불안하고 위험한 길을 선택했으니까요. 또 다른 당신의 선택을 나는 존중할 뿐입니다. 기다림은 나의 것이죠. 어떤 세계속에 당신이 가 있더라도 나는 당신과 함께 할 거니까요."

천우의 말이 요하의 가슴에 화살처럼 꽂혔다.

'우리는 오랫동안 함께 살아 온 것만 같아. 제왕을 만난 일은 믿을 수 없는 기적이지. 사랑에는 오랜 시간이 필요한 것이 아닌가 봐. 오래전부터 그를 사랑하고 있었다는 것이 느껴지니까. 내 몸속 세포들이 그에 대한 추억을 느끼는 듯해. 그것이 무엇인지 알 수는 없어도….'

요하는 천우의 얼굴을 바라보며 자신의 말라비틀어진 팔다리와 기괴한 모습이 새삼스럽게 더 흉측하게 느껴졌다. 요하의 얼굴은 부끄러움으로 붉게 달아올랐다.

"제왕께서는 참으로 아름다운 분이세요. 어째서 이렇게 참혹한 모습을 한 아귀녀인 저에게 마음을 주시는 겁니까?"

"당신은 언제나 내게 존재만으로도 아름답습니다."

천우는 요하에게 무엇인가를 더 말하고 싶었으나 요하의 혼란과 상처가 두려워졌다.

'지금 이 순간이 영원입니다. 보고 싶은 당신이 지금 이렇게 내 앞에 있으니 더 바랄 것이 없어요. 그리움의 순간마다 당신과 나는 늘 찬란하게 손을 맞잡고 함께 했었소.'

천우는 요하가 미소짓는 것을 보며 말했다.

"내일 차원의 문을 열어주겠소. 요하, 당신은 내일 떠나야 하니 오늘은 푹 쉬도록 해요. 아무 걱정없이…."

"미안해요…."

"당신이 있는 곳에 내가 있어요."

"…."

요하는 아귀세상을 떠난다는 기대감과 이해할 수 없는 상실감을 동시에 느끼며 처소로 돌아갔다. 그녀는 천우제왕과 자신이 도대체 언제 만났었고 언제 헤어졌었는지 전혀 기억이 나지 않았다. 너무나 궁금했지만 차마 물어볼 수가 없었다. 과거에 대한 두려움이 거세게 요하를 압박했다. 그렇지만 천우의 손끝이 스치고 지나갈 때마다 심장은 두근거렸고 알 수 없는 익숙함으로 편안했다.

천우는 요하가 나가는 뒷모습을 바라보다가 문이 닫히고 나서야 정신이 돌아온 듯 곧바로 아귀 군대의 대장군인 강휘와 가장 용맹한 수비대를 불렀다. 강휘 대장군은 다섯명의 아귀 장군들을 데리고 들어왔다. 천우는 강휘 대장군과 다섯 장군들에게 아망성의 보안을 강화하라는 명을 내렸다. 긴장감이 흘렀고 자부심으로 그들의 마음은 굳건해졌다.

강휘는 제왕 천우를 볼 때마다 늘 서쪽에서 바람이 불어오는 듯한 착각을 일으켰다. 아귀들은 태어나서 한 번이라도 청량한 바람이라는 것을 느껴 보고 싶어했다. 그런데 제왕 천우가 지나갈 때마다 늘 서늘한 기운이 일렁였고 맑은 향이 은은하게 주변을 감쌌다. 강휘에게 있어 제왕 천우는 자랑이요 긍지였으며 유일하게 충성을 맹세할 수 있는 주군이었다.

겁이 많고 자주 두려움에 떨었던 하림은 마도의 몰락 이후 달라졌다. 늘 두 번째 생을 살고 있다고 말하며 이제 그리 무서운 것이 없다고 했다. 이제 하림은 강휘와 더불어 이곳의 가장 용맹한 무사였으며 시간이 흐를수록 거역할 수 없는 인품과 자비에 진심으로 감복하며 제왕 천우에게 충성을 다짐했다. 천우는 긴급회의를 끝내고 생각에 잠겨 혼자 방 안에 앉아 있었다. 자신이 차고 있던 무검의 칼을 칼집에서 꺼내 들었다. 은백의 칼날은 우는 듯 푸르게 서늘했다.

청하는 돌아오지 않는 스승을 기다리며 지쳐가고 있었다. 소식조차 들리지 않는 스승이 걱정스러워 가슴속에 엉킨 실타래가 꼬여가는 느낌이었다. 스승이 떠나던 날이 너무나 생생히 떠올라서 자신도 모르게 깊은 한숨을 내쉬었다. 그날, 스승인 천우가 아귀계로 떠난다고 자신에게 말했던 날은 유난히 즐거운 향연으로 떠들썩한 날이었다. 천우는 금빛으로 물든 구름 사이를 걷고 있었다. 천우의 얼굴은 맑고 온화해서 그 안에 드리운 깊은 시름을 그 누구도 느끼지 못했다.

눈부시게 하얗고 넓은 소매가 팔의 움직임에 따라 간혹 흔들리고 자줏빛 신발의 앞머리는 아름다운 자개와 보석으로 빛났다. 신비스러운 하얀 옷의 실루엣은 천우의 걸음걸이와 잘 어울렸고 신발도 너울너울 금빛을 받아 출렁거렸다.

청하는 숨을 헐떡이며 천우를 뒤쫓아왔다.

"스승님, 상제께서 부르십니다. 이곳을 떠나신다고 들었습니다. 저도 따라가고 싶습니다. 허락해주세요."

"그곳은 네가 갈 곳이 못 되는구나."

"어찌하여 이 좋은 곳을 떠나서 고통의 땅으로 떠나시려 하시는 겁니까?"

"…."

"스승님께 위험한 일인지라 만류하는 것입니다."

"그래, 알았다. 너무 염려하지 말거라."

청하는 슬픈 얼굴로 천우의 모습을 올려다보았다. 천우는 더는 걷지 않고 아름다운 꽃들이 만발한 곳에 자리를 잡고 앉았다.

"청하야, 너도 내 옆에 앉도록 해라."

"네…."

"구름은 흘러가는 법을 잊지 않으니 나는 너를 걱정하지 않는다. 자유의지로 스스로에게 길을 물으면 될 것이다. 누구나 혼자 길을 걸어야 하니까."

청하는 스승인 천우를 떠나보낸다는 사실에 슬픔이 온몸에 차올랐다.

"부디 눈물의 길을 걷지 마소서."

"내게는 눈물의 길이 아니라 기쁨의 길이니 걸어가려 하는 것이다. 너무 걱정하지 말거라."

천우는 청하의 손을 꼭 잡아주며 미소짓다가 아쉬운 마음에 청하의 등을 토닥였다. 청하에게 천우는 아버지요, 스승이며 큰 형과도 같은 존재였다. 금빛 구름이 어슴푸레하게 사위어 들며 은빛으로 바뀌고 또다시 아름답게 번져나가고 있었다. 천우가 가려는 세상에는 이런 아름다움을 볼 수는 없을 거라 생각하니 청하의 마음은 걱정으로 무너졌다.

"스승님, 돌아오실 거라는 약조를 믿고 기다리겠습니다."

천우는 더는 아무 말이 없었고 두 사람은 다정하게 그렇게 오래 앉아 있었다. 구름의 빛이 오색으로 바뀌고 다시 황금빛으로 물들 때 천우는 자리에서 일어났다.

"이제 그만 돌아가거라."

천우가 걸음을 옮기고 있을 때 불현듯 오색의 신비로운 옷을 입은 천녀가 천우의 길을 막아섰다. 천우의 얼굴에 불쾌한 기색이 역력했다.

"자미천녀께서 어찌 제 앞을 가로막는 겁니까? 무례한 일입니다."

"요하를 데리러 가신다는 말을 들었습니다. 요하는 당신을 버리고 인간계로 갔어요. 이제 요하는 당신의 부인도 우리 같은 천인도 아닙니다. 그저 아귀계를 뒹구는 아귀녀일 뿐이에요. 다 자업자득입니다."

"내 부인에 대해 함부로 말하지 마세요."

자미는 천우의 말에 어이가 없다는 듯 웃었지만 기분이 상했는지 아름다운 미간에 주름이 잡혔다.

"이제는 제가 당신의 아내가 되어야 합니다. 오랫동안 기다려 왔습니다."

"그런 일은 없습니다. 자미천녀는 내 부인과 가장 오래된 벗이지 않습니까. 나와 내 부인을 더 이상 모욕하지 마세요."

자미는 아무렇지도 않게 미소지으며 천우의 말을 듣고 있었지만 마음속에서는 수없이 소리를 지르고 비명을 질러대며 천우의 얼굴을 할퀴었고 결국은 천우를 깊숙이 껴안고 놓지 않았다.

'당신은 내 사랑을 경멸하고 나를 욕보이고 있어. 그런 당신을 나는 사랑하고 있지. 수없이 매달리고 수없이 당신을 때리고 붙잡고 다시 껴안기를 이미 수천 번이야. 이제 다시는 나를 만나고 싶지 않겠지만 그건 당신 생각일 뿐이야. 당신은 이미 내 남자니까. 내 사랑을 증오로 되갚아 줄 거야. 당신은 나의

사랑 때문에 서서히 말라죽을 테니까. 그날 어떤 표정을 지을지 궁금해지는데….'

천우는 자미의 생각을 읽기라도 한 듯 냉엄한 표정이 되었다.

"자미천녀의 아집이 가장 큰 고통을 주는 이가 있다면 바로 자미천녀 자신이라는 것을 잊지 마세요."

청하는 떠나지 못하고 뒤돌아 서서 천우와 자미를 보고 있었다. 자미의 눈빛 속에 낡은 과거가 꿈틀거리며 신음했다. 천우는 차갑게 말을 남기고 떠났고 자미는 그 자리에 서서 움직이지 않았다. 같은 공간에 있었지만 그들의 세상은 너무나 달랐다. 천우는 상제에게 인사를 올리려 다시 발걸음을 재촉했다. 한없는 평화와 아름다움이 가득한 곳, 신들의 웃음소리와 다채로운 황금꽃들의 속삭임이 너울거리며 완벽한 조화를 이루는 세상에서도 균열과 비탄이 자리했다. 구름은 천우의 걸음을 따라 이동하며 더욱 웅장하게 모여들었고 세상을 은빛으로 넓게 펼쳐냈다. 천상의 문을 향해 걸어가는 천우의 마음은 무거웠다. 천상의 문은 그 자체로 신성했으며 천상의 문을 지키는 수호대는 금빛 갑옷을 입고 엄숙하고 흔들림 없는 자세로 경계를 게을리하지 않았다. 천상의 문을 지키는 지통장군은 다가오는 천우를 보며 고개 숙여 예를 표했다. 오랫동안 의형제로 살아왔고 서로의 마음을 잘 알고 있었으며 오늘 찾아온 이유도 지통은 이미 짐작하고 있었다. 천우는 환한 얼굴로 다가갔다.

"지통 장군, 그대가 이리 마중 나와주니 황송한 일이 아니겠는가."

"무슨 말씀이십니까. 당연히 마중 나와 형님을 뵈어야 하지 않겠습니까. 상제께서도 각별히 모시라 하셨습니다."

"그래, 고맙네. 천상의 문 앞에 오랜만에 와보니 감회가 새롭다네."

"천경의 접견실로 모시라 하셨으니 제가 안내하겠습니다."

곧바로 상제가 있는 접견실 앞에 당도했고 천우의 얼굴은 다소 굳어 있었다. 상제께서 무슨 말을 건넬 것인지를 이미 짐작한 듯 결의에 찬 표정이 그의 반듯한 콧날 위에 흘렀다. 천우는 단정한 입술을 꼭 다문 채, 상제의 접견실 안으로 들어섰다. 지통 장군은 천우를 호위하며 뒤따르다가 접견실 입구에 멈춰 서서 더 이상은 들어가지 않았다. 지통 장군은 천우의 뒷모습을 잠시 쓸쓸하게 바라보다가 자세를 다시 가다듬으며 허리에 찬 긴 칼집의 칼자루만 어색하게 매만졌고 문은 자동으로 닫혔다.

접견실 중앙에는 위엄과 고귀함을 상징하는 의자가 놓여있었고 그 의자 위에 절대적인 신성함을 가진 존재가 황금빛 금관을 쓰고 자줏빛으로 수놓은 금색 옷을 입고 앉아 있었다. 천우는 의자에 앉아 있는 상제를 향해 허리를 굽히고 예를 표했다.

"상제시여. 부족한 저를 이리 맞아주시니 감사할 따름입니다."

"내 아우 천우야. 어찌 먼 길을 가려 하느냐? 내가 말린다고 해서 내 말을 들을 아우가 아니기에 보내기는 보낸다마는 내 마음이 편치 않구나."

"제 아내를 찾아와야 합니다. 아내는 위험에 처해 있고 더는 모른 척할 수가 없어서 입니다."

"우리는 지상과 지하의 일에는 관여하지 않는다는 것을 모르는 네가 아니니…."

"잘 알고 있습니다. 보내주시는 것만으로도 감사합니다. 상제의 은혜를 잊지 않겠습니다."

"네가 돌아와야 할 시간은 정해져 있다. 붉은 여우의 울음소리가 들리면 너는 이곳으로 즉시 돌아와야 한다. 만약 그 시각을 지키지 못한다면 천인으로서의 수명이 끝나버린다. 시각을 지켜야 한다."

상제는 안타까운 눈으로 아우인 천우를 바라보다가 상제의 자리에서 내려왔다. 상제는 한 팔을 천우의 어깨에 올리고는 커다란 창밖으로 잔잔히 흐르는 구름을 바라보며 말했다.

"너는 천신으로서의 가졌던 모든 권한을 내놓아야 한다. 진정 후회하지 않겠느냐?"

"후회하지 않습니다. 저의 자리를 내놓겠습니다."

"천우야, 나의 동생아. 요하님께서 고통을 당하고 계시다고는 하나 그것은 요하님께서 더 존귀한 존재로 거듭나기 위한 시험이 될 것이다. 그렇지만 천상에서 다시 부부로 살기 위해서는 요하님과 아귀계에서도 맺어져야 한다."

"네, 상제시여…."

"이제 그만 가보거라. 나의 형제여."

상제는 천우의 두 손을 힘주어 잡았고 천우가 접견실을 나설 때까지 그 자리에 서 있었다. 청하는 돌아가지 않고 상제가 머무는 황궁 주변을 맴돌며 기다리다가 지통장군과 함께 걸어나오는 천우에게 달려갔다.

"말씀 잘 올리신 거죠?"

"어찌하여 돌아가지 않고 이곳에 온 것이냐. 허허"

"어찌 제가 편안히 처소에 갈 수 있겠습니까."

"하하하, 내가 죽으러 가는 것도 아닌데 그리 요란을 떠는 것이냐."

"지금처럼 스승님을 뵐 수 없어서요."

천우는 지통에게 고맙다는 작별인사를 건넸고 지통은 천우의 안위가 걱정이 되었다.

"시간을 놓치지 마시고 안전하게 돌아오십시오. 요하마마를 모시고 돌아오시는 날을 손꼽아 기다리겠습니다."

"장군, 고맙소."

떠나는 날, 천우는 이별하는 순간에도 호탕하게 웃어 보였다. 그 웃음소리가 청하의 귀에 아직도 생생하게 들려왔다.

'언제 여우의 울음소리가 들릴지 모르는 일이야. 이미 시간이 촉박해지고 있어. 내가 도우러 내려가야 해…. 스승님, 언제 오시는 겁니까….'

청하의 한숨 소리로 천상의 밤은 외롭게 깊어 갔다.

천우는 밤새 뒤척였다. 천우는 침상에서 일어나 방 안을 걸어 다녔다. 요하는 헌신적인 아내였으며 천우에게 유일한 사랑이었다. 그렇지만 그녀는 늘 자신의 길을 걷고자 했다.

'어찌 다시 요하, 그대를 보낼 것인가. 그대를 구하러 이곳까지 왔는데…. 왜 당신은 나와 있지 않고 늘 인간세상을 동경하는 것이오. 왜 안락한 곳에 있지 않고 헤매이고 상처받고 살아가는 것이오.'

아귀계에도 아침은 어김없이 찾아왔고 요하가 떠날 시간이 다가오고 있었다. 천우도 오랜만에 거울 앞에 서 있었다. 천상에서의 기억이 거울 속을 맴돌았다. 천상에서 요하의 모습은 새롭게 돋아난 꽃잎이었다. 싱그럽게 미소지으며 어디든 총총거리며 뛰어다녔다. 요하의 어깨 위에는 하늘을 날던 새들이 앉아서 함께 즐거워했고 풀잎 위 이슬처럼 반짝이는 눈동자로 가끔은 이곳저곳을 바라보며 웃고 있었다. 천우와 요하가 천상에서 결혼할 때 천우는 언제까지라도 함께 할 거라고 맹세했다. 부부가 된 천우와 요하는 도원에서 함께 노닐며 구름 위에 옥빛의 아름다운 집을 짓고 살았다. 구름 위의 집들은 위, 아래, 좌우로 자유롭게 움직일 수 있었고 옆집으로 다리를 놓을 수도 있었다. 천상의 삶은 부족함이 없었고 의식주는 늘 넉넉했다. 입고 싶은 옷들은 바로 입을 수 있었고 구름 속에서 목욕을 하는 기쁨은 말로 할 수 없는 즐거움이었다.

언제부터인가 요하는 인간세상을 들여다보기 시작했다. 그들이 겪는 고난과 고통을 아파했으며 돕고 싶다는 말도 자주 했다. 이상하게도 인간들은 고난을 견디고 이겨내며 성장한다고도 했다. 요하는 새로운 삶을 살아보고 싶었다. 요하가 인간계를 가겠다고 했을 때 천우는 요하의 결심을 돌리려 했다. 그렇지만 요하의 선택은 단호했고 그 어떤 설득에도 마음을 접지 않았다. 부부의 인연이라 하더라도 요하의 생이었고 말릴 수도 막을 수도 없는 요하의 길이었다. 요하가 떠나는 날, 천우는 슬프게 요하를 품에 안고 한참을 서 있었다. 천우의 눈물이 요하의 뺨을 적셨고 요하는 미안한 마음으로 그늘진 천우의 눈을 바라보았다.

"마지막으로 한 번만 더 생각할 수는 없는 것이오? 당신이 가는 인간계는 수명이 짧고 병마에 시달리고 탐욕스러운 곳이오. 그것을 잘 알고 있지 않소. 이곳은 안락하고 부귀영화를 누리고 인간들은 상상할 수 없는 생의 축복을 누리며 살 수 있어요. 당신은 왜 이 모든 것들을 저버리려 하는 것이오?"

"저는 재앙과 고통 속에 사는 사람들과 함께 하고 싶습니다. 늘 똑같은 하루가 아니라 새로운 하루를 살아 보고 싶습니다. 고난도 이겨내고 재앙도 견디면서 저를 성장시키고 싶어요. 천인으로서 더 맑고 단단해지고 싶습니다. 저는 늘 누군가에게 의지하고 살아 왔지만 저도 다른 이에게 힘이 되는 사람이면 좋겠어요. 인간들의 삶을 보며 시련이 없는 인생이 꼭 좋은 것은 아니라는 것을 알았어요. 사실 저는 제가 누군지 잘 모를 때가 많아요. 저를 찾는 여행을 떠난다고 생각해주세요. 그리 오래 걸리지 않는 여행입니다."

"빨리 돌아와야 하오."

"그럴게요. 우리를 더 잘 알 수 있고 나를 찾을 수 있어요."

"알겠소. 부디 건강히 다녀오시오."

"그렇게 슬픈 얼굴로 저를 배웅하지 마세요. 당신 얼굴이 눈에 밟혀 떠날 수가 없으니까요. 인간계에서의 시간은 우리에게 긴 시간이 아니에요. 우리는 아주 잠깐 헤어질 뿐이에요."

"그래요. 즐겁게 기다리겠소."

천우가 웃어 보이자 비로소 요하는 미소 지으며 바람처럼 천상계를 떠났었다. 그날의 기억이 천우의 마음을 흔들었다.

또다시 오늘, 그날처럼 요하는 인간계로 간다고 한다. 천우에게 천상에서의 이별보다 지금의 헤어짐이 더 고통스럽고 애달팠다. 천우는 요하를 보내주기 위해 마음의 준비를 하고 있었다. 밖에서 재인의 목소리가 들렸다.

"제왕이시여, 요하님께서는 모든 준비를 마치셨습니다."

"내가 지금 요하님의 처소로 갈 것입니다."

천우제왕은 재인보다 앞서 걸었고 장군들이 뒤따라 걸으며 요하의 처소 앞에 당도했다. 푸른 월영단을 옷 위에 걸치고 떠날 준비를 마친 요하는 초연한 눈빛으로 처소 앞에 나와 제왕을 맞이했다.

"제왕이시여. 저에게 이런 은혜를 베풀어주셔서 감사드립니다."

"또다시 이별하는군요. 혼자 보낼 수 없어 하림장군을 호위무사로 보냅니다. 그가 당신을 따라 인간계로 갈 겁니다."

요하는 천우의 눈빛이 깊은 슬픔으로 일렁이자 알 수 없는 이유로 가슴이 저려왔다. 자신도 모르게 천우의 손을 붙잡고 이 순간만큼은 아귀라는 사실을 잊었다. 아귀의 몸도 아귀의 얼굴도 부끄럽지 않았다. 의심과 냉소는 사라지고 천우의 존재가 소중하게 느껴졌다. 천우도 요하의 손을 힘주어 잡고 나란히 걸었다.

"차원의 문이 있는 곳으로 가십시다. 강휘 대장군과 하림장군은 나를 따라 오시오."

천우와 요하, 장군들은 고서들이 켜켜이 쌓여있는 방 안으로 들어갔다. 오래된 기억들이 낡은 책장 사이에서 고요히 숨을 쉬고 있었다. 천우는 손을 천장을 향해 들어 올리며 주문을 외우기 시작했다. 그러자 커다란 우주의 지도가 펼쳐졌다. 천우는 그중 흰빛이 나는 곳에 두 손을 가져다 대고 눈을 감고 또다시 주문을 외웠다. 그러자 낡은 벽지 옆으로 커다란 아치형의 돌문이 솟아올랐다. 천우는 돌문을 열었고 요하가 문 안으로 들어간 다음 하림장군이 따라 들어갔다. 천우는 사라지는 요하를 보며 한참 후에 문을 닫았고 천우가 주문을 외우자 모든 것들이 순간 사라진 듯 보였다. 천우는 한참을 멍하게 그곳에 서 있었다. 떠나가는 요하가 안쓰러웠고 그녀의 허전함과 허무를 채워주지 못하는 자신을 책망했다. 그러나 요하가 떠나는 이유를 천우는 잘 알고 있었다. 정신이 든 천우는 앞에서 묵묵히 서 있는 강휘 대장군에게 말했다.

"강휘 대장군, 차원의 문은 오늘부터 이곳으로 옮겨졌네. 마도가 차원의 문을 찾고 있으니 이 곳을 단단히 지키게. 그자가 차원의 문을 찾지 못하도록 했지만 마도를 얕잡아 보면 안 될 것이야."

"강휘를 믿으십시오. 목숨을 걸고 제왕의 명령을 지키겠습니다."

강휘는 아귀로 살았지만 이미 아귀를 벗어나고 있었다. 그는 다른 이의 살점을 물어뜯고 배고파하는 아귀가 아니었다. 제왕을 마음 깊이 존경하게 되었고 따르고자 했다. 그 순간부터 그는 비록 아귀의 모습이었지만 탐욕스러운 아귀의 마음을 잃어가고 있었다. 인간의 마음을 가지기 시작한 것이다. 천우는 힘 있는 강휘의 목소리에 잠시 안심했지만 인간계로 간 요하가 걱정이 되어 가슴이 무거워졌다. 보이지 않는 차원의 문은 그곳에 있었고 강휘 대장군은 그곳을 굳건히 지켰다.

요하와 하림장군은 인간들이 사는 세상, 어느 바닷가 앞에 앉았다. 이곳은 빛나는 햇살이 펼쳐지는 신세계였다. 두 명의 아귀는 눈부신 하늘을 쳐다보지 못하고 눈을 가렸다. 점차 그들은 감았던 눈을 서서히 뜨면서 바다를 보고 있었다.

요하는 제왕에게 받은 월영단을 조심스레 벗었지만 바람은 시원했고 공기로 인해 살갗이 타들어가지도 않았다. 목구멍으로 들어오는 공기는 신선하고 청량했다. 요하의 두 눈에는 기쁨으로 가득 찬 눈물이 흘렀다.

'그렇게 오고 싶었던 인간세상이야.'

요하는 푸른 바다를 보며 아귀계의 뜨거운 낮과 밤을 생각했다.

"하림장군께서는 저 바다가 어떻게 보이시나요?"

"붉은 피고름으로 보입니다. 바다를 예전에도 본 적이 있습니다. 마도가 여인을 잡아올 때 제가 필요했으니까요. 그때도 바닷가에 왔었습니다. 마도가 바다라고 알려줬는데 저는 엄청난 양의 피고름이 몰려왔다 몰려가는 것이 신기했습니다. 붉은 바다가 저에게는 충격이었으니까요."

"장군께서는 아귀의 눈으로 바다를 보고 계시네요. 바다는 붉지도 끈적거리지도 않아요. 바다가 핏물이라면 얼마나 끔찍하겠어요. 푸른색이에요. 옥빛이기도 하고 에메랄드빛이기도 해요. 아마도 제 말을 이해할 수 없을 거예요. 저도 인간계에 오니 이런저런 생각들이 다시 살아나네요. 그렇지만 제가 어디에서 태어나 어떻게 살았는지는 모르겠어요. 하림장군도 곧 바다를 제대로 보게 될 거예요."

"그런데…. 이런 말씀을 드려도 될지 모르겠지만 제왕께서 너무나 상심하셔서 여쭙습니다. 인간계에 오신 이유가 무엇입니까? 제왕의 걱정이 너무나 크십니다."

"진짜 사람이 되고 싶어서요. 아귀로 살았잖아요. 진짜 사람이 되고 싶어요."

"네… 저도 아귀인데 아귀로 사는 것이 너무나 당연하지 않을까요. 아귀가 어떻게 인간이 될 수 있겠어요. 저는 인간이 되고 싶은 적도 없었어요. 왜냐하면 저 같은 아귀에게는 불가능한 일이니까요."

"하림장군님은 아귀에게 벗어나고 있어요. 언젠가는 바다의 본모습을 보시게 될 거예요. 그랬으면 좋겠습니다. 장군께서는 제왕께서 믿는 분이시니까요."

"제왕을 처음 봤을 때 천우제왕도 마도와 같을 줄 알았어요. 그런데 천우제왕께서 아귀계의 제왕이 되고 난 후, 우리는 아귀계에도 삶의 기쁨이 있다는 것을 알았습니다. 저는 제왕을 위해 못 할 일이 없습니다. 예전의 아귀가 아니에요. 그렇지만 아직도 저는 아귀의 마음이 있나 봅니다. 바다를 바다로 못 보고 있으니까요."

요하는 빙그레 웃으며 하림장군을 쳐다보았다.

"이곳에서 어떻게 이동해야 할지 모르겠어요. 아마 인간들은 우리를 보면 괴물이라고 생각하겠죠. 그러니 몸을 옷으로 잘 가리고 다녀야 해요."

"우리의 몸은 가벼워서 인간들이 말하는 축지도 할 수 있고 순간 이동도 가능합니다. 그리고 제왕께서 주신 황금이 있습니다. 이미 요하님을 위해 모든 것을 준비해두셨어요. 집도 서울에 마련해 놓았습니다. 그리고 인간세상은 제가 조금 압니다."

“알겠습니다. 기억을 잃은 저를 위해 많이 가르쳐주세요.”

“네, 일단 집으로 모시겠습니다.”

하림장군은 요하와 함께 순식간에 서울에 마련한 집으로 이동했다. 새로 마련한 집은 평창동 산자락에 있었다. 보게 되는 모든 것들이 신비로웠고 아침에 듣는 새소리에 한참 넋을 잃었다. 며칠을 집 안에 있다가 서서히 산에도 올라가고 인간들을 구경하기 시작했다. 몸을 자유자재로 이동할 수 있고 벽을 통과하는 일도 어렵지 않았다. 심지어는 사람들의 몸속까지 훤히 보였으며 작은 소리까지도 옆에서 듣는 것처럼 쉽게 알아들을 수 있었다.

요하는 아름다운 인간을 만나보기로 결심했고 그 인간으로부터 가장 아름다운 사람이 될 수 있는 비결을 얻고자 했다. 인간으로 사는 행복을 느끼고 싶었고 인간에게 사랑이 무엇인지도 알고 싶었다. 그렇게 인간에 대한 요하의 탐색이 시작되었다.

이상한 밤이었다. 영민은 카페 일이 끝나면 집에 와서 바로 잠자리에 들었고 고단한 하루를 침대에 의지해 마무리하곤 했다. 하지만 오늘 밤은 잠이 오지 않았다. 침대에서 이리저리 뒤척이며 두 눈은 어두운 방 안, 허공을 응시했다. 내일 해야 할 일을 생각하며 애써 잠을 청했지만 이상하게도 잠을 잘 수가 없었다. 영민에게 오늘 밤은 그야말로 낯설고 기묘한 밤이었다.

영업시간이 지나도 가지 않아 곤욕스러웠던 카페 손님이 갑자기 떠올랐다. 그 여자는 이상하게도 커다란 푸른색 숄 같은 것을 걸치고 있었는데 얼굴은 잘 보이지 않았지만 배가 유난히 부풀어 있었고 돈을 내미는 손은 인간의 손이 아닌 무덤 속에서 튀어나온 시체처럼 심하게 메말랐다. 그녀는 다른 세상 사람 같았고 기묘했다.

잠이 오지 않아 영민의 두 눈은 충혈되었고 다리도 쑤시고 아파왔지만 머리는 맑고 선명했다. 잘나가던 시절, 대기업을 다니다가 실직한 이후 되는 일이 없었다. 직장에서 만난 부인과는 1년 만에 헤어졌고 아이는 없었지만 이혼이라는 것은 결혼보다 훨씬 어렵고 지난했다. 심신이 털려 나가고 안정을 찾지 못하며 이곳저곳을 기웃거렸다. 영민은 취업에 계속 실패하고 여러 곳을 전전하다가 카페를 창업하기로 마음먹고 바리스타 자격증을 땄다. 남은 돈과 대출로 겨우 작은 카페를 차릴 수 있었는데 삼 년의 세월이 흘렀지만 여전히 장사는 안 되고 하루하루를 버티는 것도 힘겨웠다.

영민은 잠자리에서 뒤척이다가 결국 무거운 몸을 일으켜 이불을 걷어내며 일어났다. 한밤중에 달리 할 일도 없어 식탁으로 가서 멍하니 앉아 있다가 그마저도 지루해져 다시 침대에 가서 누워 있기를 반복했다. 작은 거실 안을 정처 없이 서성거리기도 했다. 자신의 집인데도 오늘 따라 집 안이 휑하고 낯설었다. 우편물을 뭉치로 들고 온 것을 기억하고는 오랫동안 열어보지 않았던 우편물 더미를 서랍에서 꺼내어 하나하나 열어보았다. 반갑지 않은 우편물들은 휴지통으로 들어갔다. 마지막으로 남은 한 통의 편지, 그 규격봉투 겉면에는 잊고 지냈던 낯익은 이름이 쓰여 있었다.

낡은 일기장을 뒤적이다 까맣게 잊었던 기억을 상기하듯 박정수라는 이름이 주는 반가움이 영민을 들뜨게 했다. 영민은 조심스럽게 편지 입구를 잘라내고 그 안에 들어있는 편지를 꺼내 들었다. 정수 선배는 영민에게 아픈 이름이었고 보고 싶은 사람이었지만 피하고 싶은 문제적 인물이기도 했다. 때로는 영민의 가슴속에 잠금장치처럼 숨기고 싶은 사람이었다.

'십여 년 전 정수 선배가 우울증을 심하게 앓고 있을 때 그가 혹여 딴 생각을 하거나 병이 더 깊어질 것이 두려워 함께 여행을 떠났었지. 그때가 마지막 만남이었는데….'

하얀 편지지 위에 단정하게 쓰인 글씨가 암호처럼 꿈틀거렸다.

영민에게

잘 지내고 있지. 내 생이 얼마 안 남았다고 한다.

남아 있는 생을 정리하면서 가장 사랑했던 사람에게 편지를 쓰기로 했다.

내게는 동생과 영민이 그리고 주애가 그나마 소식을 전할 마지막 사람들이어서 마지막 가는 길에 부탁 하나 하려고 한다.

별스럽게 들릴지는 모르겠지만 내가 가장 사랑하는 두 사람이 마주 앉아 식사를 하는 것이 나의 유언이다. 주애와 영민이가 식탁에 마주 앉아 단 한 번만이라도 좋으니 따뜻한 밥 한끼를 함께 하는 것이 나의 마지막 부탁이다. 부디 내 청을 꼭 들어주길 바란다.

영민은 편지를 읽고 또 읽었다. 고단한 인생에 이제 남은 눈물이라고는 한 방울도 남아 있지 않다고 생각했는데 영민의 거친 뺨 위로 굵은 눈물이 흘러내렸다.

'생이 얼마 안 남았다는 것은 죽을 날을 기다린다는 것인가. 선배는 왜 이런 이상한 부탁을 마지막 편지로 내게 남기는 것일까…. 모질게 궁핍하고 외롭게 살던 선배가 생의 마지막에 정신줄을 놓아 버린 것인가. 공황장애며 우울증을 달고 살던 선배는 내가 한때 주애를 사랑했다는 것을 모르는 것일까…. 그렇지만 주애와 나는 서로 완전히 다른 인생을 살고 있을 뿐만 아니라 서로가 무관심한 것이 예의가 돼버렸는데 왜 갑자기 이런 무겁고 황당한 부탁을 내게 하는 것인가.'

영민의 눈망울에 정수의 모습이 어렸다.

'그래, 선배는 늘 무덤덤했고 선배의 뒷모습을 바라보는 내

눈은 허망함으로 가득 차 있었지.'

영민에게 정수의 편지는 꽃으로 둘러싸인 하얀 상여였다. 곡소리 하나 없이 밋밋하게 저승길을 걸어가는 그림 한 장이 되기도 했다. 소리 없는 소리가 침묵처럼 고요한 장송곡으로 울려 퍼졌다. 때로는 웅장한 레퀴엠으로 부활의 노래를 부르며 혼란스럽거나 설레거나 피하고 싶은 밤이 지나갔다.

다음 날 아침, 영민은 자신도 모르게 편지 봉투를 만지작거리며 겉봉에 쓰여진 주소를 어루만졌다. 영민은 젊은 날의 우상이며 영웅이었던 선배를 만나야 했다. 이렇게 본인의 주소가 적혀져 있으니 다행한 일이 아닐 수 없었다. 죽기 전에 꼭 한번은 만나고 싶다는 생각이 복받쳐 올라왔다. 봉투에 적힌 주소는 인천의 고시원이었다. 선배가 살고 있는 곳이 일반 집이 아닌 고시원이라는 것이 마음에 걸렸지만 그래도 아직은 살아 있을지도 모른다는 것이 위로가 되었다.

'선배의 나이는 이제 안정된 집에서 살아야 할 나이인데…. 긴 세월, 사람들에게 헌신적인 삶을 살았던 대가가 한 평 고시원에서의 삶이란 말인가.' 영민의 마음은 다시 시려왔다.

늘 인생은 이렇게 엉망진창이었다. 한 번도 예상대로 흘러간 적이 없었고 작고 작은 기대마저 비웃음으로 내동댕이쳐졌다. 기대라거나 바램이라는 것을 가지는 것이 애초에 문제였는지도 모를 일이다. 선배가 죽었는지 살았는지는 알아야 했다. 선배의 성격을 고려했을 때 엄살을 떨거나 유난한 사람이 아니었기에, 살아 있을 거라는 기대보다는 이미 죽었을지도 모른다는 두려움이 엄습했다.

선배는 늘 운이 없었다. 게다가 세상이 그의 불행을 즐기는 듯했다. 사랑하는 사람도 결국에는 그를 증오해서 떠나버렸고, 가까이 있던 친구며 후배들도 선배를 피하기 시작했다. 이름 없는 무명의 전사였던 그에게는 우울증과 폐쇄공포증만이 남아 있었다.

영민은 정수를 생각하며 오래된 우물을 떠올렸다.

'우물이 있었다. 나는 늘 우물가를 배회했다. 햇살이 뜨겁지 않은 채로 유난히 눈부신 날에는 우물물에 나이 어린 태양이 담겨 있었다. 빗질을 곱게 한 태양이 우물 안에 앉아서 나를 쳐다볼 때 나는 삶의 환희를 느꼈다.

그래! 우물과 환상적인 호흡을 자랑하는 것이 두레박이었다. 커다란 나무로 만들어진 반질반질 윤기가 흐르는 두레박은 찾아오는 모든 이들을 차별하지 않았다. 두레박은 사람들의 손길을 거부하지 않았지만 자신을 찾아달라고 애걸하지도 않았으니까. 그래서인지 두레박은 만났던 사람들을 곧바로 잊어버렸다. 두레박이 무심했다면 우물 안은 사실, 수많은 이야기들과 한숨과 눈물, 웃음소리가 서려 있는 곳이었다. 우물은 동네 사람들이 하는 온갖 이야기를 듣곤 했다. 때로는 바람피는 남편에게 폭행당한 아줌마의 얼굴 위 부은 상처도 씻어주었고 배신당한 남자의 멍든 가슴도 어루만져주었다. 우물은 아마도 자신의 일이 물을 주는 것이 아니라 관심을 주는 것이라 생각했을지도 모른다. 선배를 만나면 우물에 데리고 가서 씻기고 우물이 주는 시원함으로 상처를 치료해주고 싶지만 그 우물은 이미 사라졌다. 어찌 되었건 나는 우물 안을 들여다보듯 선배의 고통이 보였고 그럴 때마다 우물가를 슬쩍 지나가는 행인처럼 그렇게 못 본 척하고 지나치곤 했었다. 그러나 이제는 정말 만나야 한다. 피해버린다면 슬픔과 상실의 아픔이 너무 커져서 질식해 버릴지도 모르니까.'

영민은 주말이 오기만을 기다렸고 그날은 생각보다 빨리 다가왔다. 토요일 이른 아침, 인천에 있는 고시원으로 발걸음을 옮겼다. 목적지를 휴대폰으로 검색하고 전철과 버스를 갈아탔다. 마을버스를 탔을 때는 자리가 서너 군데 남아 있어서 운전석에 가까운 앞쪽 자리에 주저앉았다. 영민도 세월의 흔적을 남기고 있었다. 이마에는 주름이 지기 시작했고 흰머리가 조금씩 올라오고 있었다. 그렇지만 선배를 만나러 가는 버스 안에서 마음만큼은 세월을 떠나 그 때 그 시절로 돌아갔다. 영민은 차창 밖 풍경을 바라보며 떠오르는 상념들을 붙잡았다가 놓아주었다.

'그때는 그랬다. 누군가 거리에서 구걸을 할 때 그들과 나의 거리가 백미터로 멀어졌다가 어느새 둘 사이에 공기 한 줌만이 자리할 때가 있었다. 가난의 먼지가 어두운 진흙가루를 뒤집어쓰게 할 때도 있었지만 그 놈의 가난이 모두의 얼굴 위로 주름없는 하늘에 즐겁게 휘날린 적도 있었다. 그래서 뜨거운 여름에도 구름은 하늘 언저리에 두터운 고드름처럼 견고하게 달라붙어 있었고 아무도 시비를 걸지 않았다. 그때는 그랬다. 사람들의 마른 얼굴 사이로 가끔 가냘픈 미소가 걸릴 때가 있었다. 우리는 흘러갔다. 그렇게 냇물이 자신의 갈 곳을 정해놓지 않고 물길을 따라 떠내려가듯 그렇게 흘러갔다.'

영민은 고시원 건물 앞에 다가섰다. 온 세상이 한점 눈 안에 들어왔고 회상은 단편영화처럼 빠르게 끝이 났다.

'이제는 선배를 만나야 할 순간이다.'

영민은 심호흡을 한 차례 깊게 한 다음 꼬질꼬질한 계단을 걸어 올라갔다. 7층짜리 건물에 고시원은 6층과 7층이었다. 고시원 입구로 들어서려는데 숨이 조여왔다. 선배를 어떻게 찾아야 할지 몰라 고시원 입구 사무실 문을 두들겼다. 둥근 얼굴에 사람 좋아 보이는 남자가 문을 열었다.

"저… 사람을 찾아왔는데요. 박정수라는 분이 여기 계시다고 해서요."

남자는 박정수라는 이름을 듣는 순간 안색이 굳어졌다.

"네… 여기 계셨지요. 저는 고시원 총무입니다."

"그럼 지금은…?"

"병세가 깊어져서 걱정했는데 동생이 집으로 데려가셨어요. 아저씨는 돌아가셨어요."

"아… 살아 있을 줄 알았는데요…."

영민은 정수 선배를 만나 얘기라도 나누고 싶었다. 그런데 그런 모든 기대는 허망한 것이 되고 말았다.

'선배는 너무 멀리 떠나버렸구나.'

영민은 정수의 사망소식이 믿기지 않았다. 심장을 커다란 망치로 두둘겨 맞은 듯 가슴이 쑤시고 아파왔다. 갑자기 쏟아지려는 눈물 때문에 민망하기도 하고 더 이상 묻기도 어려워서 총무에게 인사하고 무거운 마음으로 돌아서려는데 총무가 영민을 불러세웠다.

“잠깐만… 잠깐만요. 안으로 들어오세요. 먼 길 오셨는데 커피라도 드리고 싶어서요.”

“네… 알겠습니다.”

사무실 안은 비좁았지만 깔끔하게 정리되어 있었다. 안으로 들어간 영민은 총무의 건너편 의자에 앉았다. 30대 중반의 나이에 깔끔한 짧은 머리의 총무는 낡은 청바지에 손바닥을 몇 번 문지르더니 종이컵에 믹스커피 두 잔을 들고 와서 영민에게 건넸다.

“성함이 김영민 씨 맞죠?”

“어떻게 제 이름을….”

“아저씨는 고시원을 떠나서 동생 댁으로 가시기 전에 부탁을 하나 하셨어요. 이곳을 떠나실 때는 몸을 움직이기도 힘들어하셨거든요. 그동안 아저씨께 신세를 많이 졌기에 꼭 들어드리려고 했고요. 편지 한 통을 보내달라 하시면서 주소가 적힌 밀봉된 편지를 주셨어요. 약속대로 김영민 선생님께 편지를 보냈습니다. 그런데 편지를 쓴 아저씨는 이제는 안 계시네요…. 그래도 아저씨의 편지가 잘 전달되어 다행이에요.”

“그런 거군요. 난 선배가 살아있는 줄 알았어요. 이렇게 젊은 나이에 세상을 떠날 거라 상상도 못했습니다. 여러모로 고맙습니다."

"아니에요. 당연히 해야 할 일을 한 거니까요."

"사실 가슴이 먹먹하군요."

"꼭 남겨야 할 말씀이 있으셨나 봐요?"

"네… 어찌 보면 유언을 남기신 거네요. 선배는 제게 숙제를 남겼어요. 저도 총무님처럼 선배가 제게 부탁한 일을 해야겠어요. 정수 선배의 유언이 아니라면 상상도 하기 힘든 일이에요."

"네, 무슨 일인지는 모르겠지만 아저씨의 유언이 실현되면 참 좋겠습니다. 참 보고 싶어요. 아저씨 같은 사람을 다시 만날 수 있을지 모르겠어요."

"저도 정수 선배가 무척 보고 싶네요. 고맙습니다."

영민이 집으로 돌아오는 길은 참 길었다. 살면서 이렇게 길고 긴 여정은 처음인 듯 시간이 갑자기 멈추고 느리게 맴돌았다. 영민은 옛일을 생각하고 있었다.

'우리는 청춘이었고 직책이나 위치가 중요하지 않았지. 우리는 선배를 보기만 해도 가슴이 뛰었고 선배처럼 되고 싶었는데… 선배는 늘 고개를 숙이고 다녔고 어쩌다 웃을 때는, 쑥

쓰러운 듯 빈 허공이나 땅바닥을 보기 일쑤였지. 목에 힘을 주고 얼굴에 핏대를 세우거나 완장을 차지 않았기에 선배는 늘 변방에 살아야 했는지도 모를 일이야.'

영민이 이런저런 생각으로 버스에서 내려 길을 걷고 있을 때, 지는 해는 얼굴을 감추었고 사람의 발길마저 끊어졌다. 지나가는 길고양이가 그나마 무관심한 표정으로 힐끗 쳐다보고는 재빨리 사라졌을 뿐이다.

'그래서 이 쓸쓸한 선배의 주검이 화장장으로 들어가 소각되고 냉각되어 흰 뼛가루로 남아서 봉투에 담겨질 때도 그것은 너무나 선배와 잘 맞아떨어지는 소멸의 과정이었을 거야. 선배가 좋아하던 바닷가에 뿌려졌다면 더 바랄 나위가 없겠지만 그것도 선배에게는 하나도 중요한 일이 아니었을 테고, 죽음을 맞이하는 순간에도 나와 주애를 위해서 무언가를 해주고 떠나려 했으니까.'

영민은 불 꺼진 카페의 문을 열고 들어가 자신이 손님이라도 된 듯 아메리카노를 한잔 뽑아서 창가 자리에 앉았다. 이 순간, 자신은 온전히 이 카페를 지나가는 나그네였다.

'그래 선배는 참 답답하고 미련한 사람이었어. 비정한 세상에 어울리지 않는 이상한 꿈만 꾸고 살았으니까. 그래서 자신이 지옥에 있다는 것을 자주 깜박했는지도 모를 일이지. 지독한 공포 속에서도 선배는 몽상가답게 다른 꿈을 꾸고 살았으니까.'

영민은 커피를 마시면서 환하게 웃는 정수 선배의 얼굴이 떠올라 자신도 마지막 인사를 하듯 혼자 웃어 보였다.

'정수 선배는 죽는 순간에도 냉정하게 마지막 에너지를 어떻게 사용할 것인가를 계산하고 정리해서 나에게 숙제를 남겨주었던 거야. 마지막 순간 평온한 미소를 지으며 웃었을 게 너무나 자명한 일이고… 그래서 나는 어찌 되었건 떠밀리 듯 그 이유를 알 수 없는, 그렇지만 해야만 하는 숙제가 생기고 말았어.'

영민은 마지막 떠나는 길에서 혼자 웃으며 작별 인사를 했을 그 사람, 정수 선배의 얼굴이 떠올라 도저히 거절할 용기가 생기지 않았다. 결국 죽은 자에게 약속이란 걸 마음속으로 해버렸고 그 다음은 어떻게 될지 모를 일이라 여겼다. 최선을 다하는 것만으로도 정수 선배가 웃어주길 바랬다. 산 자가 죽은 자에게 서약을 하는 밤이었다. 그래서 주애를 만나보기로 했다.

박정수라는 사람이 살았건 죽었건 간에 세상은 아무 문제 없이 흘러갔다. 그나마 선배에게 착하고 늘 한결같은 동생이 정수 선배의 마지막을 지켜주었다니 다행한 일이었다. 물 위에 자국이 남지 않듯 한 사람의 삶과 죽음이 아무 자국도 남기지 않고 그냥 흘러갔다. 남아 있는 영민의 삶에 정수가 남기고 간 삶의 질문들이 놓여있을 뿐이었다.

'그렇지만 주애를 만난다는 것이 이 나이에 얼마나 황당한 일인가. 우리 젊은 날의 기억은 주애에게 쓰레기 같은 것일 수도 있고…. 내가 다시 나타난다면 나를 비웃을지도 모르지.'

영민은 세월을 거슬러 스무 살로 돌아가고 있었다. 주애와 영민은 전공은 달랐지만 신입생 때부터 동아리가 같아서 자주 마주치곤 했다. 교정 길목마다 동아리 팀들이 나와서 자신의 동아리를 홍보하고 있었고 갑자기 객기가 생겨 엄청난 음치였지만 노래 동아리를 선택했다.

스무 살이 주는 청춘의 무게는 녹록하지 않았다. 그렇지만 영민의 영혼은 신록처럼 맑고 건강했다. 그 당시 그에게는 어떤 분노, 정의롭지 못한 것에 대한 거대한 울분이 있었고 세상을 바로 잡고 싶은 열망과 푸른 젊음이 있었다. 하루도 평화롭기 힘들던 교정에 오랜만에 즐거운 평화라는 것이 고개를 내밀 때 주애는 목젖이 보이도록 웃고 있었다. 인문대 건물 옆 잔디밭에 앉아 꼬불꼬불 촌스러운 파마머리를 어깨까지 늘어트리고 털털하게 웃으며 이쪽을 바라보았다. 영민은 주애와 눈이라도 마주칠까 봐 얼른 고개를 돌려버렸고 그녀도 다른 무엇인가를 호기심 어린 눈길로 바라보다가 쏟아지는 햇살 속에서 앞에 앉은 여학생의 수다를 장난스럽게 듣고 있었다.

우리는 그때 스무 살이었고 세상을 다 가진 듯했다. 더구나 같은 동아리여서 주애는 영민과 자주 만났고 노래도 함께 불렀다. 스무 살 동갑내기의 하루하루는 새로움으로 가득했다. 그들은 너무나 가난했고 무모했다. 그러나 세상에 주눅 들지 않았다. 주애는 그 나이가 주는 광기와 눈부심, 슬픔과 찌질함이 공존하고 있었다.

영민에게는 수많은 생각들이 스치고 지나갔다. 일부러 경쾌하고 힘이 나는 음악들을 틀어놓고 몸 안의 기운을 써보려 하다가 다시 주저앉아 난감함에 고개를 내저었다. 정수 선배가 주고 간 유언이 영민에게는 무거운 짐이 되었고 해결해야 할 숙제였다.

'그래, 시도해보고 노력해보자. 안 되면 할 수 없는 일이야. 선배도 이해하겠지. 걱정하지 말자.'

영민은 혼잣말을 중얼거리다가 조금은 안정이 되어 베개에 머리를 기대고 곧바로 잠이 들었다.

여러 날이 흘렀다. 요하는 자주 영민의 카페를 찾았다. 손님이 거의 없었지만 구석진 테이블에 앉아서 커피라는 것을 마시며 인간으로서의 삶을 생각했다. 요하는 점점 영민이 마음에 들기 시작했다. 영민을 지켜보며 영민이 스무 살 시절에 가졌던 영혼은 분명히 맑고 아름다울 거라 확신했다. 요하가 카페를 다시 찾았을 때 카페는 다른 날과는 달리 손님이 많고 활기찼으며 흐르는 음악도 카페 분위기와 잘 맞았다.

영민은 이상한 손님이 또 왔다고 생각하며 요하에게 주문을 받았다. 요하는 영민에게 카페가 끝나고 잠깐만 시간을 내줄 수 있냐고 물었고 영민은 단호히 거절했다. 손님과 사적인 만남을 가지지 않는다는 것이었다. 그러자 요하는 한 달간 카페를 상당한 금액의 돈을 주고 빌리겠다고 했고 그동안 자신이 카페를 운영해 보고 싶다고 말했다. 영민은 카페는 카페대로

운영되고 엄청난 돈을 일시에 받는다는 기쁨으로 인생을 살다 보면 이렇게 재수 좋은 날도 있다고 생각하며 영업시간이 끝나고 다시 찾아오겠다는 요하를 기다렸다.

달빛마저 사라진 그믐밤이었다. 누군가 카페 문을 열고 들어왔고 처음에는 얼굴이 잘 보이지 않았다. 그렇지만 마르고 시체 같은 손만은 분명히 기억했다. 요하의 얼굴을 확인한 영민은 벌떡 일어났다.

'이 여자가 나에게 사기를 치면 어떻게 하지. 이 여자를 모르니 조심해야 한다. 사람을 믿다가 당한 일이 한두 번이 아니었으니까.'

영민은 불안한 마음으로 요하의 눈과 마주쳤다. 머리 위로 뒤집어쓴 월영단을 내리며 요하가 말했다.

"저를 의심하지 마세요. 제가 가지고 온 가방에 돈이 들어 있으니까요. 그렇지만 조건이 하나 더 있어요. 한 달 동안 제가 부를 때는 언제든 이곳으로 오셔야 합니다."

영민은 적자로 시달리는 카페에 이런 횡재는 없을 거라 생각했다. 그렇지만 낯선 여자의 시선이 자신의 비루한 처지를 알 수도 있어 얼른 시선을 피했고 돈가방을 확인하고 나서야 제대로 여자의 얼굴을 자세히 바라봤다.

여자의 얼굴은 괴기스럽기까지 했다. 머리카락이 빠져서 듬성듬성 구멍이 나 있었고 몇 가닥 안되는 머리카락이 어깨까지 내려와 더 볼품없어 보였다. 목덜미는 잘 보이지 않았지만 신체를 꽁꽁 싸매고 가리고 있는 것이 볼썽사납게 부풀어 오른 배를 가리려는 듯 보였다.

'얼굴이나 신체가 못생겼다고 해서 이상하다고 생각하는 내가 더 이상한 놈이지. 얼굴에 콤플렉스가 많은 사람일지도 모르고 시한부 인생을 살고 있는 여자일 수도 있어….'

영민은 요하와 테이블에 멋쩍게 마주 앉았다. 자신을 유심히 보고 있는 요하의 시선과 맞닿았을때 영민은 자신도 모르게 숨을 멈췄다. 이상하게도 알고 있던 사람과 만난 듯 친숙한 느낌마저 들었다. 영민은 용기를 내어 요하에게 궁금한 점을 물어봤다.

"저… 이름이라도 알 수 있을까요. 제 이름은 김영민입니다. 여기서 영업을 하신다는 것은 좋지만 수익도 좋지 않은 카페에서 불법적인 일을 하려고 한다거나 마약이나 뭐 이런 끔찍한 상상도 하게 되거든요. 저는 조금이라도 위험하거나 불법적인 일은 하고 싶지 않아요. 물론 어려운 시기여서 돈을 벌면 좋지만요."

“제 이름은 요하에요. 그리고 제 지인이 이곳에서 일을 하게 될 겁니다. 도와주실 일은 없습니다. 그리고 저는 불법적인 거… 그런거 모릅니다. 마약, 그런 것도 모르고요. 위험한 일은 없습니다. 다만 제가 호기심이 많아서 김영민 씨를 부르면 오셔서 저와 대화를 해야 합니다.”

“대화라면 언제든지 좋습니다.”

“그러면 우리는 계약을 체결하는 것이네요.”

영민은 주애를 찾아야 하는 이때, 얼마나 다행한 일인가를 생각하고 계약서에 사인을 했다. 밖에는 우락부락하고 요하처럼 몸이 뒤틀린 것 같은 이상한 남자가 기다리고 있다가 함께 사라졌다.

14

영민은 카페를 한 달 동안 요하에게 넘겼다. 홀가분한 마음으로 카페에는 발길도 하지 않았다. 주애를 찾아야 한다는 심정으로 학교 친구들부터 만나기 시작했다. 그러다 주애와 친하게 지냈던 숙희의 전화번호를 겨우 알아냈고 응암동에 살고 있다는 숙희에게 용기를 내서 전화를 걸었다. 쑥스럽고 뻘쭘하기까지 했지만 주애를 찾아야 하다는 다급함이 핸드폰을 들게 했다. 숙희는 세월이 많이 흘렀는데도 영민을 반갑게 기억해주었다. 영민과 숙희는 잠시 덕담을 서로 나누었고, 영민은 주애 핸드폰 번호를 알고 싶다고 말했다.

"영민아…. 몰랐구나. 주애가 실종된 지 오래됐는데…. 경찰에 신고하고 백방으로 찾았지만 이제는 포기한 상태야."

"그게 무슨 말이야. 실종이라니. 주애에게 어떻게 그런 일이 있을 수 있어."

"주애의 부모님도 애타게 찾으셨어. 그렇지만 실종되고 나서 아직 시신도 찾지 못했어."

"내가 너무 늦었구나…."

주애와 친했던 숙희의 목소리는 억눌린 슬픔으로 떨렸다. 숙희는 영민이 받을 충격을 생각했고 휴대폰 너머로 아픔과 상처가 폭풍처럼 지나갔다. 영민은 고맙다는 인사만을 짧게 남기고 전화를 끊었다.

실종이라니. 죽지는 않았겠지. 아니 죽었을지도 모른다. 죽은 시신이 무덤에 묻히지도 못하고 혼백은 이곳저곳을 헤매일 것만 같아 영민은 몸을 떨었다. 습하고 무더운 날씨에 바람 한 점 불지 않았는데도 차가운 한기가 영민의 몸에 깊게 스며들었다. 영민은 갑작스러운 오한으로 몸을 떨며 옷을 챙겨입었다. 두터운 옷을 걸치고 쇼파에 걸터앉았지만 정신을 차릴 수 없었다. 영민은 숨을 쉬기 위해 밖으로 나가려고 일어섰다. 그 순간 전화가 걸려왔다. 발신인을 알 수 없는 전화였는데 주애의 전화이기를 바라는 마음으로 수신 아이콘을 눌렀다.

그런데 놀랍게도 주애와 똑같은 목소리가 핸드폰에서 들려왔다.

"여보세요."

"저는 그때 만났던 요하입니다. 오늘 만났으면 해요. 카페로 나와주세요."

"아…. 네…."

"오늘 밤 오실 수 있죠?"

"그럼요. 6시 넘어서 가겠습니다."

"그렇게 하세요."

영민은 요하의 전화를 끊고는 털썩 주저앉았다. 주애의 목소리는 발음이 또렷하고 목소리에는 늘 슬픔이 배어 있을 뿐만 아니라 목소리의 색채가 다른 사람들과는 확연히 달랐다. 밝고 명랑한 겉모습과는 달리 늘 외롭고 쓸쓸했으니까. 자신의 우울함이 세상을 이해하는 큰 힘이라고 말하며 호탕하게 웃기도 했었다.

그런데 요하의 목소리가 주애와 어떻게 이리 닮을 수가 있을까. 주애의 귀엽고 사랑스러운 모습이 다시 떠올랐고 그녀의 실종이 가슴을 비수로 도려내듯 아파왔다. 참았던 눈물을 간신히 삼키며 카페로 걸어가는 영민의 발걸음은 무거웠다. 카페 입구에 다다랐을 때 영민은 자신의 눈을 의심했다. 사람들이 카페에 들어가기 위해 무더운 날씨에도 길게 줄을 서 있었고 카페 입구와 간판을 촬영하는 사람들까지 북적북적한 모습이 다른 곳에 온 것 같은 착각이 들 정도였다.

'여기가 내 카페가 맞는 거지… 이런 일이 생기다니 요하 씨가 일을 잘하는 건가. 아니면 커피맛에 비결이 있는 건가? 생긴 모습은 괴물처럼 보여도 요하 씨에게는 품격이란 것이 있어…. 분위기에 늘 압도당하게 되지.'

영민은 자신이 사장이라는 것을 말하고 나서야 줄을 서지 않고 카페 안으로 들어갈 수 있었고 카페 테이블마다 손님들로 빼곡해 빈자리가 없었다. 고급스러운 의자와 테이블이 눈에 들어왔고 카페 안의 모든 것들이 새롭고 우아했다. 재즈의 선율이 로맨틱한 분위기를 만들었고 난생 처음보는 캐릭터들이 벽면을 채웠다. 영민은 술을 마시지도 않았는데도 술이 깨는 것처럼 정신이 번쩍 들었다. 커피 작업대를 보니 지난번 그 남자가 동그란 귀걸이를 하고 열심히 커피를 내리고 있었다. 계산하는 아르바이트생은 새로 고용한 것 같았다. 영민은 남자를 향해 인사했다.

"안녕하세요. 저, 카페 사장입니다. 장사가 정말 잘되네요."

영민의 목소리에 남자는 고개를 들어 영민을 쳐다보고는 무표정하게 말했다.

"커피 한 잔 드릴까요? 사장님이시니 공짜로 드리죠. 저는 예전에도 이 일을 해본 것처럼 아주 신나고 재밌네요. 저는 하림이라고 합니다."

"아~ 네…."

하림은 더 이상 말이 없었다. 그렇지만 마음속으로는 여러 가지 말들을 하고 있었다. 하림은 매일매일이 새롭고 재밌었다. 입소문이 퍼져서 수많은 사람들이 놀러왔고 모두가 즐거워했다. 사람들은 괴상하게 생겼다고 놀림 받아야 할 하림이 당당하게 자신의 일을 하고 늘 붉은 스카프에 붉은 셔츠를 입는 것을 보고는 처음에는 이상하게 쳐다보다가 급기야 너무 멋있다며 '레드 스카프'라는 팬카페가 생길 정도였다. 하림은 인간계를 떠나 다시 아귀계로 갈 염두가 나지 않았다. 마도와 인간계에 올 때는 인간들의 증오에 찬 모습만 보였는데 지금은 사람의 얼굴을 한 사람들만 보였다. 하림의 무표정한 얼굴을 잠시 지켜본 영민은 쑥쓰러운 듯 말했다.

"그런데 요하 씨는 어디 계신가요? 저를 만나자고 하셨어요."

"아~ 카페 뒤에 계십니다. 그쪽으로 가시면 만나실 수 있어요. 요하님은 에스프레소를 좋아하시니 같이 가지고 가시죠."

카페 뒤는 쓰레기장이나 다름 없는데 그곳에 있다는 말에 영민은 미안한 마음이 들어 커피 두 잔을 들고 뒷문으로 나갔다. 그런데 카페 뒷편은 쓰레기장이 아니라 휴식을 취할 수 있는 공간으로 아름답게 꾸며져 있었다. 요하는 지난번과 똑같은 옷을 입고 무덤덤하게 앉아 있다가 영민이 내미는 에스프레소를 받고 고개를 조금 숙여 인사했다.

“부르셔서 왔습니다. 계약한 것이기도 하고요…. 카페 정말 고맙습니다. 멋있게 꾸며주셨네요. 사람들이 이렇게 많이 몰려들어 사진을 찍으니 기쁘네요. 어떻게 고맙다는 말씀을 드려야 할지 모르겠어요.”

“고맙다는 말을 들으려고 오시라고 한 게 아닙니다. 얘기할 게 있어서요. 앉으세요.”

요하의 옆자리에 의자가 하나 더 있었기에 영민은 요하와 나란히 앉았다. 땅거미가 지며 어두워지고 있었다. 요하는 고개를 옆으로 돌려 영민을 한참을 뚫어져라 보기 시작했다. 민망해진 영민은 커피를 마시며 고개를 숙이고 요하의 말을 기다렸다. 요하는 영민에게 부드럽게 말했다.

“사람들이 오고 가는 모습이 재밌어요.”

“네… 그렇죠. 어쨌든 고맙습니다. 혹시라도 제가 도울 일이 있으면 뭐든 말씀하세요.”

“나중에요. 지금은 잠시 앉아 있죠.”

"네…."

요하와 영민은 한참을 앉아 있었고 요하가 먼저 자리에서 일어나자 영민도 일어나 집으로 돌아왔다. 깊은 밤, 오랜만에 영민은 깊은 잠을 자고 있었다. 잠을 자고 있던 영민은 꿈인지 실제인지 알 수 없는 이상한 꿈을 꾸었다. 분명히 요하 같기도 하고 다른 여인 같기도 했는데 요하가 분명했다. 요하는 영민의 침상에 다가와 잠자고 있는 영민에게 말했다.

"저는 당신의 스무 살 기억이 필요해요. 다른 것은 아무것도 바라지 않습니다. 무엇이든 제가 드릴 수 있는 것은 다 해드릴게요. 당신의 스무 살 기억을 저에게 주십시오."

"아무 쓸모도 없는 저의 젊은 날의 기억이 왜 필요하십니까?"

"그건 말할 수 없어요. 강요는 아닙니다. 부탁을 하는 거예요. 저에게 스무 살 기억을 주신다면 영민 씨는 바라던 모든 것을 얻을 수 있어요."

"제게 스무 살 기억은 고통뿐이에요. 갈등하고 실연당하고 좌절하고 배고프고 다른 사람들이 부럽고 내 처지는 늘 한심했죠. 물론 나이 든 저의 인생은 그때보다 나아진 것도 없습니다. 요하 씨도 잘 알고 있잖아요? 젊음이라는 것이 그리 찬란하지도 않고 계속된 실패는 나를 좌절하게 만들었으니까요. 그런데 하찮은 저의 기억을 드린다면 무엇을 주실 건가요?"

"무엇을 원하시나요?"

"큰돈과 권력을 주세요. 그래서 혹시라도 주애가 살아있다면, 죽지 않았다면 그 애 앞에서 당당해지고, 성공한 사람이고 싶어요."

"그렇게 하죠."

요하는 영민을 일으켰다. 요하의 손이 영민의 머리를 쓰다듬더니 큰 입을 벌리고 영민의 머리를 입안에 삼켜버렸다. 영민은 너무 놀라서 꿈에서 깨어났다. 그렇지만 꿈은 너무나 생생했고 침대 주변에는 요하는 커녕 사람 그림자조차 없는 깊은 밤이었다. 영민은 자신의 스무 살 때를 기억하려 했다. 그러나 아무 기억도 나지 않았다. 영민은 너무 예민해져서 생각이 나지 않는 거라며 다시 잠들었다.

자미는 천상계에서 즐겁지 않았다. 아름다운 자미의 처소는 금빛으로 늘 반짝였고 황금빛 황새와 불새가 자미의 누각을 지나가고 있었다. 그렇지만 자미는 행복하지 않았다. 천우가 요하를 만나고 있다는 생각만으로 자미의 심장은 무너져 내렸다.

'요하는 자기 남편을 버렸어. 자신의 길을 가겠다고 인간계로 떠나버렸지. 잠시 여행을 다녀온다고는 했지만 이제는 아귀가 되어 버린 요하를 천우님은 왜 데리러 간 것일까. 요하가 다시 이곳에 오지 못하도록 막아야만 해. 요하는 이미 아귀니까. 그런 처참한 몰골로 아름다운 천인들만이 살고 있는 이곳에 온다는 건 모욕적인 일이지. 아무도 허락하지 않을 거야. 아무리 천우님이 애를 쓴다고 해도 이미 요하는 되돌아갈 수 없는 다리를 건넌 거야. 아름다운 천상에서 나는 천우님과 결

혼할 거고 천신의 부인이 될 거니까.'

자미는 다급했다. 꿈속에서 재인을 불러내고 재인에게 자신의 말을 잘 듣기만 하면 다시 인간의 모습으로 살 수 있다는 약속을 했다. 물론 자신에게는 그럴 힘이 없었지만 쓰고버리면 될 일이었다. 자신은 천인이며 앞으로 천신의 부인이 될 거고 천상에서도 그 정도 위치면 못할 것이 없다면서. 재인은 처음에는 요하를 배신하는 일이 마음에 걸렸지만 거울에 비친 자신의 흉물스러운 모습을 보며 요하를 배신하는 것이 아니라 자신을 살리는 일이라고 마음을 돌려먹었다. 게다가 천우제왕을 남몰래 연모하는 마음이 생겨난 뒤로 자신의 몰골에 수치심마저 깊어졌다.

자미는 아귀계에 충복이 있기에 꿈속으로 드나들며 모든 상황을 알아냈고 천우가 어떻게 움직이는지를 파악했다. 자미는 오랫동안 천우를 남편으로 만들고 싶었다. 그 마음은 세월이 갈수록 더 간절해지고 집요해졌다. 이제는 되돌릴 수 없는 운명처럼 스스로를 휘감고 놓아주지 않는다고 불평했지만 사실은 자미 자신이 그 집착을 놓지 못했다. 요하가 인간계로 간 것은 생각지 못한 기회였다. 게다가 교활한 마도를 통해 요하를 완전히 소멸시킬 수만 있다면 무엇을 더 바랄 것인가. 자미는 오랜만에 웃고 있었다.

자미는 마도를 천상계도 인간계도 그렇다고 아귀계라고도 할 수 없는 중간지대로 불러냈다. 마도는 갈 수 없는 곳이었지만 자미는 자신의 힘을 사용했다. 마도는 자미만이 자신을 다시 아귀계의 왕으로 만들어 줄 수 있다고 믿기로 했다. 마도에게는 사실 다른 대안이 없었다. 자미는 마도에게 언제라도 부르면 지체 없이 자신이 원하는 곳에 와있어야 한다는 말을 남겼고 마도는 충실하게 자미의 말을 따랐다. 아귀계의 한복판에서 뜨거운 열기와 배고픔으로 마도 역시 고통스럽기는 다른 아귀들과 마찬가지였다.

그의 얼굴은 수많은 아귀들의 피가 피부병처럼 올라와 검은 딱지가 이미 얼굴을 뒤덮었고 이제는 갈기갈기 얼굴이 갈라지며 찢어지는 고통을 느꼈다. 마도 역시 생로병사를 피해갈 수 없었고 자신의 쇠락으로 마침내 죽음에 이를 것이란 공포를 느꼈다. 자미가 아니었다면 모든 힘을 잃었을 거라 생각한 마도는 자미에게 충성을 맹세했다. 자미는 형체를 드러내지 않았다. 마도가 만날 수 있는 것은 오로지 자미의 목소리 뿐이었다. 목소리가 안내하는 대로 마도는 움직였다.

이번에도 자미가 부르는 소리에 마도는 서둘러 중간지대에

와 있었다. 자미는 자신의 힘을 사용해 마도를 움직였다. 황량한 들판이었다. 지평선 끝까지 펼쳐진 메마른 들판 위에 허름한 집 한 채가 서 있었고 마도는 그곳으로 들어갔다. 마음 한켠에는 두려움이 자신의 숨통을 조여왔고 팽팽한 긴장감은 신경줄을 모두 끊어버릴 듯 날카로웠다. 집 안은 테이블 하나에 의자 두 개만이 덩그러니 놓여 있었고 아귀나 인간의 모습은 보이지 않았다. 마도가 조심스레 의자에 앉았고 조금 후 현관문이 열렸다. 마도는 순간적으로 일어서서 칼집으로 손을 가져갔다.

문을 열고 들어온 이는 여인이었다. 머리에 화관을 쓰고 검고 긴 머리가 허리 아래까지 내려왔는데 어깨에 닿을 듯한 진주 귀걸이가 반짝였다. 날아갈 듯한 길고 아름다운 하얀빛의 실루엣이 자미의 몸을 감싸 안았고 주름을 잡은 치마는 나팔꽃처럼 펼쳐져 있었다. 머리 위 화관은 아름답게 자미의 얼굴을 감싸며 신비롭게 빛이 났다. 분명 사람의 모습이지만 사람이라고 할 수 없는 아름다운 여인이었다. 마도는 숨이 멎는 듯 환희로움을 느꼈다. 마도는 이 여인이 자신이 충성을 맹세한 자미라는 생각이 들어 조심스레 말을 건넸다.

"저는 마도입니다. 자미천녀님이십니까?"

자미는 마도를 흘낏 보고는 대답도 하지 않고 손에 쥐고 있던 부채를 흔들며 의자에 앉았다. 자미가 들어오면서부터 허름한 집 안의 공기는 순식간에 향기로움으로 가득했다. 마도는 살아오면서 이런 향기를 천우를 만났을 때 처음 느꼈고 향기에 취한 듯 빠져들었다. 마도는 자미의 눈치를 살피며 서 있었다.

자미는 또다시 부채를 흔들더니 마도에게 앉으라고 손짓했다. 마도는 고개를 숙이며 의자에 앉았다. 자미가 마도의 얼굴을 자세히 살피더니 피식 웃었다.

"마도, 그대의 얼굴을 보니 그대가 어찌 살았는지를 알겠구나. 내가 너를 부른 것은 너의 소원을 들어주기 위함이고 나의 소원도 해결하려 함이다."

"네, 말씀하십시오. 자미천녀님이 아니셨다면 저는 이미 모든 힘을 잃었을 겁니다."

"너는 인간계로 가고 싶은 거지? 그래야 너의 힘을 온전히 살려내고 너의 모습도 다시 예전처럼 인간의 모습을 가질 수 있지 않겠느냐? 너 같은 아귀가 차원의 문을 열려면 천상의 열쇠가 있어야 하지. 내가 차원의 문을 열 수 있는 열쇠를 주겠다. 그렇지만 너도 내가 시키는 일을 반드시 해내야 한다. 그렇지 않으면 너를 도륙 내고 말 것이야."

"무슨 일이신지 말씀만 하시면 그대로 하겠나이다."

"차원의 문을 열고 인간계로 가서 요하를 완전히 소멸시키거라. 열쇠를 가지게 되면 너는 이전에 가졌던 흑마법의 힘을 얻게 될 것이다. 그냥 죽음이 아니라 완전한 소멸이라는 것을 명심하거라."

순간 마도의 두 눈은 흔들렸다. 그렇지만 마도는 자신이 살고 요하가 죽는 길을 손쉽게 선택했다. 자미의 말에 순종해서 차원의 문을 여는 열쇠를 얻으리라. 자미의 목소리는 부드럽고 아름다웠으나 칼날로 베어내는 듯 살기가 묻어 있었다. 마도는 자미의 눈치를 살피며 말했다.

"요하라는 아귀년은 제가 잡아서 완전히 소멸시키겠습니다. 아무 걱정하지 마십시오. 저에게 차원의 문을 여는 열쇠만 주신다면 제가 못할 일은 없습니다. 저를 믿고 맡겨만 주십시오."

자미는 매의 눈으로 마도를 살펴보고는 소매자락 안쪽에서 자줏빛 비단으로 싸여진 물건을 꺼냈다. 자미가 비단을 풀자 그 안에는 손바닥만한 열쇠가 나왔다. 마도는 자신도 모르게 침을 삼켰다.

'차원의 문이 닫혔어도 이 열쇠만 있으면 다시 문을 열 수 있다. 이제 나는 예전의 힘을 복원할 것이고 천우를 쫓아내고

다시 제왕으로 군림할 수 있을 것이다.'

마도의 음흉한 눈빛을 보며 자미는 만족스러운 듯 열쇠를 마도의 손 위에 올려놨다. 마도는 열쇠를 손 안에 넣고서 자미에게 무릎을 꿇었다. 자미는 시간에 쫓기는 듯 다급한 표정이 되어 사라졌고 마도 역시 자신의 세계로 돌아왔다.

열쇠를 손아귀에 넣은 마도는 힘을 얻기 시작했다. 손끝을 펼 때마다 확연히 달라진 기운을 느낄 수 있었고 천우에 대한 두려움도 떨칠 수 있었다. 차원의 문은 밖으로 보기에는 아무 형태가 없었지만 열쇠를 가진 마도에게 문의 존재는 너무나 분명했다.

차원의 문을 지키는 강휘는 잠을 자지 않았다. 혹여 잠을 자게 되더라도 한쪽 눈을 뜨고서 문을 방비했고 언제부터인가 차원의 문을 볼 수 있는 힘을 가지게 되었다. 강휘는 천우의 말을 되새겼다.

'제왕께서는 아귀라도 고결하게 살면 다른 삶을 펼칠 수 있다고 하셨어.'

강휘는 장검을 손에 쥔 채로 두 눈을 부릅뜨고 서 있었다. 차원의 문 앞은 고요했다. 갑자기 검은 연기가 스멀스멀 사방에 깔리더니 마도가 모습을 드러냈다. 마도의 마음은 다급했고 시간은 촉박하게 흘러갔다. 이제 흑마법의 힘을 자유로이 사용할 수 있었고 차원의 문은 너무나 선명했다. 기다리던 순간이었고 오랜만에 돌아온 아망성이었다.

강휘는 마도를 보자마자 결기를 다지며 칼을 빼들었고 결코 물러설 수 없는 한판 싸움이 시작되었다. 마도의 한숨소리가 잠시 들리더니 강휘에게 매서운 칼날을 휘둘렀다. 강휘는 마도를 향해 소리쳤다.

"악귀에 불과한 네가 신령스러운 이곳에 나타나다니 이제 내가 너를 죽여야 할 때가 온 것이다."

마도의 칼날은 흑마법의 기운을 받아 검은 기운이 사방으로 뻗어갔고 검은 기운은 악귀처럼 강휘의 입안으로 꿈틀거리며 들어갔다. 강휘는 검을 쓰지 못하고 온몸이 결박당한 것처럼 팔이 뒤로 돌아가고 다리가 움직여지지 않았다. 강휘는 몸부림치며 칼을 움켜쥐려고 발버둥쳤지만 모든 노력이 허사였다. 마도는 강휘의 목에 칼날을 들이대며 비웃었다.

"너는 나를 배신했고 쓸모까지 없어졌구나. 힘없는 너의 제왕을 탓하거라!"

강휘의 가슴팍에 마도의 칼날이 깊숙이 들어갔다. 강휘는 주저앉은 채로 안간힘을 썼지만 결국 쓰러지고 말았다.

"내가 제왕의 명령을 받들지 못하고 죽는구나… 용서하소서…."

마도는 강휘의 가슴을 발로 짓밟고서 비열하게 웃었다.

"너도 인간 흉내를 내고 있구나. 아귀 주제에 인간인 줄 착각하느냐."

마도는 강휘의 가슴에서 흐르는 피를 보고 흠칫 놀라며 자신도 모르게 뒤로 물러섰다. 아귀에게서 인간의 피가 흐르고 있었다. 강휘는 손바닥에 묻은 자신의 선홍색 피를 보면서 눈물을 떨구었다.

"나는 아귀로 태어났으나 아귀로 죽지 않는다. 제왕이시여. 이 강휘에게서 인간의 피가 흐릅니다!"

마도는 죽어가는 강휘에게 저주를 퍼부었지만 속이 시원해지기는 커녕 두려움이 커졌다. 강휘의 명줄을 완전히 끊어 놓고 싶었지만 시간이 촉박했다. 손 안에 든 열쇠를 보며 마도는 아귀의 웃음을 흘렸다. 차원의 문을 여는 열쇠를 두 손으로 힘있게 들어 올렸다. 열쇠의 힘 때문인지 차원의 문은 더 선명했고 보이지 않던 열쇠구멍이 모습을 드러냈다. 마도는 기괴한 신음소리를 내며 열쇠 구멍에 열쇠를 가져갔다.

마도는 식은 땀을 흘리며 열쇠를 넣는데 성공하고는 차원의 문을 열고 사라졌다. 열린 문으로 마도를 따라왔던 아귀들이 때지어 빠져나가기 시작했다. 흔적도 냄새도 그 어떤 것도 남기지 않고 마도와 아귀들은 차원의 문을 건너가 버렸다. 바로 그 순간 천우제왕이 바람을 일으키며 들어왔다. 거센 분노에 휩싸인 천우는 재빨리 차원의 문을 닫았다. 그러나 모든 것이 너무 늦었다는 자책에 휩싸인 채로 강휘의 몸을 일으켜 세웠다.

"제왕이시여… 마도는 열쇠를 가지고 있습니다. 문을 열고…. 명을 지키지 못해…. 용서하십시오."

"대장군… 대장군."

'열쇠라니… 누가 배신자인가. 천인 중에 배신자가 있다는 말인가.'

강휘는 끝내 숨을 거두었다. 천우는 강휘의 시신을 차원의 문 앞에 반듯하게 눕혔다. 그리고는 경건하게 허리를 굽혀 죽은 자에 대한 예를 올렸다.

"이제 아귀의 삶을 마쳤으니 다시 태어나시게. 고결한 죽음을 선택한 위대한 자여, 인간의 삶을 누리며 진정한 인간으로 살아가길 간절히 바라겠네. 강휘 대장군, 그대는 이미 아귀가 아닌 인간으로 살고 있었으니."

자미는 서둘러 천상으로 올라왔다. 천상은 여전히 아름다운 천고가 북을 치며 세상을 맑게 하고 있었다. 어찌 된 영문인지 천고가 장엄하고 힘있게 북소리를 울릴 때마다 자미의 가슴은 송곳으로 찔리고 칼로 베이는 듯한 고통으로 서서히 저며왔다. 자미는 가슴을 쥐어뜯으며 신음했다.

'왜? 어찌해서… 천상의 존재인 내 몸이 왜 이러는 것일까. 천상은 아픈 것도 힘든 것도 없는 곳인데….'

천고 소리는 귓가를 세차게 때렸고 자미는 안간힘을 쓰며 귀를 막고 고개를 내저었다.

'나는 이곳에 살면서 한 번도 두려움을 느낀 적이 없었다. 죄책감도 없었고 아픔도 없었다. 내 죄가 스스로 두려워하는 것일까. 천상에서 훔친 열쇠를 천녀인 요하를 죽이는데 사용하려 했으니까…. 두려움이란 것은 천녀인 나의 가슴과 목까

지도 이렇게 고통스럽게 죄어 오는구나.'

자미는 순간 사방을 둘러보았다. 오색이 찬연한 누각들은 오늘따라 찬연하게 빛났다. 어찌하다 한 남자를 이리 가슴 아프게 사랑하고 집착하고 있는지를 생각하고 또 생각했다. 자미는 괴로움으로 즐거움을 잃어버렸다. 다른 천녀들의 웃음소리가 자신을 저주하는 고함소리처럼 들렸다. 또다시 맑고 아름다운 천고소리는 힘있게 울렸고 자미는 귀를 막고 비명을 질렀다.

'이건 모두 요하 때문이야. 내가 사랑하는 남자와 결혼을 했고 내 남자의 사랑을 받은 너를 나는 한순간도 용서한 적이 없어. 요하, 네가 한 일 때문에 천우님은 아귀계까지 가신 거야. 너의 잘못으로 생긴 일인데 내가 왜 괴로워해야 하지? 나는 모든 일들을 다시 제자리로 돌려놓으려는 것 뿐이야.'

자미는 경대를 다시 세우고 자신의 얼굴을 들여다보며 아름다운 자신의 모습과 아귀가 된 요하의 모습을 견주었다. 볼품없는 아귀인 요하와 자신을 비교하고 나서야 자미는 웃을 수 있었고 그제서야 쉴 수 있었다. 여러 날이 무심하게 흘러갔다. 자미는 가장 아름다운 천녀의 옷을 골랐다. 오늘은 특별히 압사라들이 춤을 추는 날이었다. 즐거운 연회에 참석하기 위해 자미는 가장 아름답게 치장했다.

구름처럼 틀어 올린 머리에는 갖가지 보석으로 장식된 비녀를 세로로 비스듬하게 꽂고 날개옷처럼 가볍고 나비처럼 매끈한 의상을 골랐다. 자미는 천녀들 중에서도 가장 아름다운 여인이었다. 난새가 연회장으로 가려는 자미를 기다리고 있었다. 난새는 불새와 더불어 천상의 아름다운 새였으며 이곳의 교통수단이기도 했다. 난새가 끄는 마차에 올라타려는데 뒤에서 누군가 자미의 이름을 불렀다. 뒤돌아보니 청하였다. 청하의 얼굴에는 참담함이 깊게 배어 있었다.

"연회에는 못 가십니다."

자미는 청하의 말을 믿기 어려워 귀를 의심했다. 오늘은 천상에서도 가장 화려한 연회, 압사라가 춤을 추는 날인데 이런 날, 연회에 갈 수 없다니….장난끼 많은 청하가 천지분간을 못하고 놀리는 것이려니 생각했다. 그러나 청하의 목소리는 단호했다.

"자미님, 연회에는 못 가십니다."

"청하, 그런 황당한 말을… 농담이라도 지나친 농담이에요."

"농담이 아닙니다. 자미님은 우리 천상에서 살 수 있는 시간이 얼마 남지 않았습니다. 이곳은 천상입니다. 자신이 쌓은

복을 다 써버리거나, 해서는 안 될 파렴치한 짓을 한 자는 퇴출하게 되어 있습니다. 천상의 법도를 모르실 리가 없지 않습니까."

"나는 그런 짓을 한 적이 없습니다."

자미의 말이 떨어지기 무섭게 천상의 감찰관들이 자미의 주위에 서 있었다. 너무나 순식간에 일어난 일이라 자미는 감찰관들의 얼굴을 확인하지 못하고 두려움에 떨었다.

"내 잘못이 아니야. 청하, 이 모든 일들은 요하 때문에 일어난 일이니까. 감찰관들께서도 저의 잘못이 아니라는 것을 잘 아실 것입니다. 부디 제대로 된 조사를 해주십시오."

"마지막으로 인사를 하러 왔을 뿐입니다. 감찰관들께서 와 계시니 저는 이만 물러가겠습니다."

청하는 자미를 쓸쓸히 바라보고는 뒤돌아 떠나버렸다. 자미는 남아 있는 감찰관들에게 울면서 매달렸다.

"감찰관님들께서 무언가 오해가 있으십니다. 저는 아무 잘못이 없습니다. 천상에 사는 제가 무엇이 부족해서 잘못을 저지르겠습니까. 모든 일은 요하라는 아귀가 꾸민 일입니다. 비천한 아귀 때문에 존귀한 저를 건드릴 수는 없습니다."

다섯 감찰관들은 흰옷을 입고 머리에는 사각으로 된 단정한 모자를 쓰고 있었다. 그들 중 가운데 있는 감찰관이 자미에게 말했다.

“저희에게 말씀하셔도 아무 소용 없습니다. 판결을 내리실 심판관들께서 지금 기다리고 계십니다. 그곳으로 가시지요.”

갑자기 사방이 어두워지더니 자미는 감찰관들과 함께 심판대에 올랐다. 자미는 속으로는 어떻게 빠져나갈 것인지를 고심했다. 초조한 모습을 보인다면 오히려 의심을 사게 될거라 판단했고 세 명의 심판관들에게 여유로운 모습을 보이려 기를 썼다. 다섯 감찰관은 미소지으며 앉아 있는 자미를 흘낏 보고는 심판관들을 향해 정중히 인사를 올리고 사라졌다. 심판관들은 청록색의 옷을 입었고 자미와는 멀리 떨어져 앉았다. 심판관들은 매섭게 자미를 노려보았다.

“요하님은 자미님과 자매처럼 지냈습니다. 천상에 사시면서 어찌 그런 미움과 질투로 요하님을 욕되게 하는 것입니까. 요하님께서 자미님께 그동안 베푼 온정을 잊었습니까. 자미님이 아귀계로 떨어지려 한 것을 요하님이 구해 오셨던 일을 잊지는 않았겠죠.”

“그건 그저 옛일일 뿐입니다…. 요하가 저를 구해줬다고 해서 저의 생명을 단축할 수는 없습니다. 저는 천상 수명의 천분의 일도 쓰지 못했어요."

웃음기를 거둔 자미는 이번에는 울면서 무릎을 꿇고 심판관들에게 매달렸다. 자미의 기억 속에 선명하게 떠오르는 요하의 얼굴이 있었다. 아귀계로 떨어지는 자신의 손을 붙잡고 놓치 않았던 요하였다. 요하의 간절한 바램과 노력으로 자신은 천상에서 즐겁게 살 수 있었다. 그러나 자신이 사랑했던 남자가 요하를 사랑하는 것은 참을 수 없는 일이었다. 왼쪽에 앉아 있는 심판관은 업의 거울을 가져오라 명했고 심판관들을 보좌하는 천인들은 커다란 업의 거울을 가져다 자미 앞에 놓았다. 낡은 청동 테두리로 장식된 업의 거울에는 열쇠를 훔치는 자미의 모습이 쉼 없이 재현되고 있었다. 자미는 고개를 돌려 업의 거울을 보지 않으려 했다. 가운데 앉아 있는 심판관이 자미의 얼굴을 냉담하게 지켜보며 한숨을 쉬었다.

"자미님은 미안함이 없군요. 천상에 살면서도 아귀와 다름없는 마음을 가졌습니다. 자미님께서는 천상의 열쇠를 훔쳤어요. 게다가 그것을 악귀 마도에게 주었습니다. 이로써 자미님은 천상에서의 수명을 마쳤습니다. 우리는 자미님께 벌을 주지 않아요. 이미 스스로의 죄악으로 천상에서의 생을 마쳤고 다른 곳에서 당신의 인생을 다시 살아갈 것입니다. 우리는 천상의 수명을 마쳤다는 것을 확정할 뿐입니다. 자미님은 원래 본인이 가야 했던 아귀계에서 살게 될 것입니다."

세 심판관은 자미를 안타깝게 쳐다보고는 사라졌다. 곧이어 자미의 몸도 점차로 사라지기 시작했다. 천상의 천고가 울리기 시작했고 자미의 비명소리는 천고의 맑고 강건한 울림에 묻혀 들리지 않았다.

자미는 긴 터널 속에 있었다. 시작도 없고 끝도 없는 어둡고 칙칙한 터널 안에 서 있었다. 어디서 흘러나오는지 알 수 없지만 서서히 물이 고이기 시작했고 발가락을 적시더니 이윽고 발목까지 차오른 물은 무릎까지 올라왔다. 차가운 물의 감촉은 무섭고 냉랭했으며 터널 안의 공기는 차갑고 섬찟했다. 자미는 불안에 떨면서 길고 어두운 터널 안을 걷고 또 걸었다. 얼마의 시간이 흘렀을까. 어찌 된 일인지 손과 발의 모습이 변하기 시작했다. 아름답게 빛나던 작고 사랑스러웠던 손은 시체가 부패되어 가는 모습처럼 검게 달라붙었고 뼈골이 드러나 보였으며 말라 비틀어졌다. 목은 점차 가늘어져 아귀의 목이 되었으며 얼굴도 괴이하게 변해버렸다. 자미는 자신의 팔다리를 보면서 고통스러웠지만 아무도 없는 텅 빈 터널 한가운데서 비명을 지른다 해도 들어줄 사람이 아무도 없었다. 갑자기 배가 부풀어 오르더니 발이 보이지 않았고 풍선처럼 부풀어 오른 배로 걷기도 힘들었다. 독기로 눈동자가 하얗게 새버리고 억울함에 눈물도 나오지 않았다.

'예전에 요하가 나를 구해 줬는데… 누군가 나를 도와줄 사람이 반드시 나타날 거야. 터널 밖으로 나갈 수만 있으면 내 몸도 다시 예전으로 돌아갈 거고… 그런데 어디가 돌아가는 길이지? 여섯 개의 길 가운데 서 있는데… 어디로 가야 하지?'

자미는 그 중 하나의 길로 들어섰다. 비틀거리며 걷던 자미는 환한 문을 발견했다.

'저 문으로 들어가면 나는 다시 살 수 있어. 나는 다시 살아야 해….'

자미의 걸음은 빨라졌고 아귀계의 문은 그녀를 삼켜버렸다.

요하는 영민의 스무 살 기억을 보고 있었다. 그곳에는 주애가 있었고 주애는 바로 요하, 자신이었다. 주애의 얼굴이 요하의 얼굴과 겹쳐졌다. 요하는 영민의 기억 속에 들어가 영민의 스무 살 마음을 만났다. 비로소 자신이 왜 하필이면 영민을 찾아왔는지를 알 수 있었다. 그것은 우연이 아니었고 이끌림이었으며 꼭 만나야 할 사람이었다.

"영민이 사랑하던 사람이 주애였고 내가 바로 주애였다니…. 나는 인간으로 살 때 아름다운 사람을 만났고 그 사람이 영민이었어. 그리고 나는… 나는…."

요하는 비명을 지르며 자신의 머리를 쥐어뜯었다.

'내가 무슨 짓을 한 걸까. 인간이 되고 싶다는 내 욕심 때문에 아귀보다 더 잔인한 짓을 저지르고 말았어. 가장 아름다웠던 맑은 기억을 잃어버린 영민이 제대로 살기는 어려워. 탐욕스러워지고 아귀처럼 변해가겠지. 순수한 마음은 사라지고 탐욕스러운 아저씨로 살다가 아귀계로 떠나겠지. 내가 영민에게 한 짓은 용서받지 못할 죄야. 이 일을 어쩌면 좋지….'

요하는 후회와 자책으로 방 안을 돌아다녔다. 그녀는 휘청거렸고 슬픔으로 마음이 바삭거렸다. 걷다가 주저앉고 다시 걷다가 주저앉기를 반복했다. 요하는 마음을 굳게 하고 하림을 불렀다.

"부르셨습니까."

"하림장군께서는 마도를 따라 이곳에 오셨고 저를 데리고 아귀계로 가셨다고 하셨죠. 그 때의 저에 대해 말씀해 주세요. 제가 주애라는 여자였죠. 스무 살의 주애를 알게 됐어요. 그 사람은 저에요. 저는 단지 스무 살의 기억만을 확인한 건데…. 이제 알 것 같아요. 주애는 어느 날 마도를 만난 거네요."

"저는 요하님이 영민이란 사람의 카페에 가고 그를 선택했을 때 혹시 인간으로 살았던 기억을 되찾았는지 모른다고 생각했습니다. 그게…."

"말씀해보세요."

"마도는 주애님이 스무 살 때부터 늘 주변을 맴돌았습니다. 그렇지만 마도가 아무리 애를 써도 주애님은 마도를 남자로 생각하지 않았어요. 주애님은 하는 일마다 꼬이고 어려움이 많았습니다. 그 이유는 지금은 이해하시겠지만 마도의 계략이었죠. 마도는 아귀 같은 인간에게는 강한 힘을 발휘했어도 주애님 같은 사람에게는 아무 힘도 쓸 수가 없었습니다. 그렇지만 그는 흑마법을 사용해 주애님을 사랑하는 사람들로부터 떼어내고 주변을 흐트러트렸어요."

"그런데 왜 제가 요하가 된 거죠?"

"어느 날 주애님은 주변 사람들에게 요하라는 이름으로 불러 달라고 했어요. 요하가 되고 싶다고 했죠. 요하는 주애님이 상상하던 어떤 여성이었던거 같아요. 요하라는 여성은 사랑을 하고 사랑을 받으며 자신의 뜻대로 삶을 살았다고 해요. 마도가 어느날 주애님을 찾아갔는데 주애님은 마도의 청혼을 거절했습니다. 서로 잘 알지도 못하고 아무래도 이번 생은 이렇게 사는 것이 좋다고요. 꿈속에서 한 남자가 나타나 자신을 기다리고 있다고 말했는데 그 꿈이 너무 생생하다고 했습니다. 그 남자는 주애님을 요하라고 불렀다고 하더군요."

"네…."

"요하님은 그 꿈을 꾸고 나서 사람이 변했어요. 일이 꼬이고 힘들어도 즐거워했죠. 요하님의 행복한 모습은 마도를 절망하게 만들었어요. 마도는 이대로 가다가는 요하님이 사라질 수 도 있다고 생각했던 거 같아요. 저에게 급하다고 하면서 두 번째로 인간계 여자를 아귀계로 데려와야겠다고 했습니다. 잘 아시다시피 재인님도 인간계에서 온 사람입니다. 재인님도 아귀계로 오자마자 아귀로 변해 버렸어요. 그렇지만 마도는 요하님만은 아귀로 변하지 않을 거라 생각했습니다. 요하님의 영혼은 맑고 순수해서 아귀계에 떨어진다고 해도 바뀌지 않을 거라고…. 저는 마도의 주변에서 두 분의 만남을 지켜보고 마도의 명령이 있을 때 요하님을 아귀계로 끌고 왔죠. 그런데 아귀계의 문턱을 넘어선 순간 주애님, 그러니까 요하님도 다른 아귀들처럼 변해버렸어요. 마도는 순수한 영혼을 가진 사람은 아귀계에서도 인간의 모습으로 살 수 있을 거라고 했는데 그의 예상이 빗나간 거죠."

"아귀계에 온 이상 아귀가 되어야 했던 거네요. 재인님도 저도…."

"마도를 따라 인간계에 와서 재인님과 요하님을 잡아갈 때 저는 죄책감이 없었습니다. 누구보다 아귀 그 자체였고 누구보다 욕심이 많았습니다. 게다가 인간세상도 별로 다르지 않았습니다. 인간들도 아귀들 못지 않게 늘 허기졌고 무언가를 얻어도 늘 갈증을 느꼈고 증오로 살아갔으니까요. 게다가 인간들은 증오라는 덫을 던져놓으면 잡기가 쉬웠습니다. 이미 인간들도 탐욕으로 생각이 많아졌으니까요. 그래서 저는 인간계를 오갈 때 별다른 감흥이 없었습니다."

"그럴 수도 있겠네요."

"그렇지만 천우제왕님을 만나고 저의 모든 것이 바뀌었습니다. 제왕께서는 우리에게 신뢰와 사랑이 무엇인지를 알게 하셨어요. 요하님처럼 저도 진짜 인간이 되고 싶어졌어요. 이제 푸른 바다를 볼 수 있습니다. 어제 바다를 잠깐 다녀왔어요. 이제 더 이상 핏빛 바다가 아니었습니다."

요하가 하림장군의 이야기를 듣고 있을 때 갑자기 창문이 흔들리고 방 안에 있던 물건들이 바닥으로 떨어졌다. 소음이 방 안을 흔들고 괴기스러운 비명이 방 안에 맴돌았다. 요하는 자리에서 일어났다.

"누구냐?"

요하의 말이 끝나자 검은 기운이 사방으로 번져나갔고 이윽고 기괴한 아귀가 모습을 드러냈다. 검은 수도복을 입은 마도였다. 하림은 마도를 보자 벌떡 일어나 칼을 쥐고 공격태세를 취했다.

"마도, 네가 어떻게 이곳에 온 것이냐."

하림의 당당한 태도에 마도는 황당하다는 듯 껄껄 웃더니 독사처럼 몸을 비틀며 말했다.

"옛 주인에게 말이 너무 험악하구나."

"나는 너를 주인으로 여긴 적은 단 한 번도 없었다. 어떻게 이곳으로 온 것이냐?"

"하찮은 아귀가 정신이 나갔구나."

"지옥 불에 떨어졌어야 할 네가 헛소리를 지껄이다니. 제왕의 뜻을 어기고 결국 일을 저질렀구나."

"나는 차원의 문을 열었고 수많은 아귀들이 인간들에게 오고 있다. 제왕이란 자가 차원의 문을 닫았을 때는 이미 아귀들이 이곳으로 몰려온 후니까 너무 늦고 말았지. 그 자는 매사가 그렇게 완전하지 못해. 아귀제왕의 자리도 지키지 못할 위인이지."

"너는 아귀보다 못한 악귀일 뿐이다."

"나는 요하를 죽이러 왔다. 너 따위는 내 관심 밖이야."

요하는 이제 아무것도 두렵지 않았다. 죽는 것도 사는 것도 그 어떤 것도 두렵지 않았다. 이제 진심으로 두려운 것은 자신을 잃어버리고 다른 이의 고귀한 영혼을 빼앗는 아귀보다 더 아귀같은 자신의 실체였다. 하림은 마도를 향해 칼을 맹렬하게 휘둘렀다. 그러나 마도는 사라졌다 나타나기를 반복하며 하림의 칼끝을 피해갔다. 하림은 온몸에 비지땀을 흘리면서도 죽기를 각오하고 마도에게 덤벼들었다.

"쫓겨난 제왕이 다시 왕 행세를 하려 하다니 가소롭다. 요하님께 손끝 하나 댈 수 없다는 것을 가르쳐주지."

하림의 말을 들은 마도는 비열한 웃음을 띠면서 말했다.

"너는 내가 누구인지를 잊었구나. 겁 많던 하림이 이렇게 변하다니 어이가 없군. 내 존재를 확실하게 알게 해주지."

마도는 공격해 들어오는 하림의 칼날을 받아낸 후 심장을 향해 다시 칼을 겨누었고 순식간에 하림을 베어버렸다. 바닥에 쓰러진 하림은 요하를 향해 힘겹게 기어가면서 마지막 숨을 거두었다. 요하는 하림의 시신을 안고 마도를 노려보며 말했다.

"인간의 피와 숨결을 마신다고 인간이 될 수는 없어. 피가 아니라 인간의 마음이었어야 했어. 너는 너의 소멸을 재촉하고 있을 뿐이야."

마도는 길고 날카로운 검은 손톱으로 요하의 뺨을 스치듯 만졌다. 상처 난 요하의 뺨에서는 인간의 따뜻한 피가 흘러내렸다. 마도는 요하가 흘리는 인간의 피를 보자 잠시 멈칫했지만 여전히 아귀의 모습으로 서 있는 요하를 보며 다시 안도의 한숨을 쉬었다.

"아귀로 변해버린 너의 모습도 끔찍했지만 네 뺨의 구멍들 속에 박혀있는 아귀계의 더러운 먼지들이 견딜 수 없게 싫었다. 그러나 이제 너를 보는 것도 이것이 마지막이 되었구나. 내가 왜 너를 사랑했는지 도무지 이해할 수가 없는 일이야."

"마도, 당신은 증오만을 무기로 살아왔어. 자기 자신도 사랑하지 못하는 불쌍한 아귀일 뿐이야."

마도는 요하의 눈빛 속에서 인간이었던 요하의 얼굴을 보고 있었다. 그렇지만 자미의 음성이 기억 속에 선명했고 마도의 마음을 거세게 장악했다. 자미에게 자신이 요하를 죽였다는 것을 알려서 자미의 마음을 얻고 싶었고 제왕의 자리를 다시 차지하고 싶었다.

"요하, 당신은 인간이 아닌 아귀로 영원히 소멸되는 거야. 나도 이러고 싶지는 않았어. 나를 원망하지 말아라."

마도가 결심한 듯 칼을 움켜쥐었다. 마도의 장검이 마지막 일격을 가하려는 순간은 요하에게 너무나 긴 시간이었다. 이상하게 당황스럽지도 겁이 나지도 않았고 고요한 순간의 정적이 찾아왔다. 마도는 흔들렸다. 막상 요하를 죽이려고 하니 도저히 죽일 수가 없었다. 요하를 죽이는 길만이 살 길인데도 그럴 수가 없었다. 살육으로 살아온 삶이었다. 너를 죽이고 내가 살아야 하는 생이었다.

요하는 마도의 칼날에 억울하게 죽어간 인간과 아귀들의 비통한 혼령을 기억했고 하림의 장검을 한 치의 망설임도 없이 집어 들었다.

"나를 살리기 위함이 아니야. 너로 인해 죽어갈 사람들과 아귀들을 구하기 위해서야."

마도는 섬뜩하게 웃었다.

"내가 이미 악귀가 되었다는 것을 잘 알잖아. 나는 산 것도 죽은 것도 아닌 비참한 존재가 되었어. 이미 죽은 목숨인지도 모르지."

요하의 몸 안, 모든 힘들이 응축되었고 거침없이 마도에게 달려들었다. 당황한 마도는 요하를 향해 칼날을 내리치려다가 칼끝을 거두고 멈추었다. 요하의 장검만이 비상하게 움직였고 서늘한 칼날에 마도는 비참하게 쓰러졌다. 마도의 목에서 피고름이 흘러내렸고 끈적하고 음산한 피고름은 방 안을 흥건히 적셨다. 여전히 시퍼렇게 눈을 뜨고 요하를 바라보던 마도는 허망하게 웃었고 숨을 몰아쉬며 갈라진 목소리로 겨우 말을 이어갔다.

"이렇게 죽을 줄 알았다면… 그리 살지 않았을 거다. 빌어먹을, 나를 위해 울어줄 존재가 아무도 없군."

요하는 죽어가는 마도에게 말했다.

"너는 여섯 갈래 길 위에 서게 될 거다. 내가 너를 불렀건 네가 나를 찾았건 이제 우리의 악연은 끝이 났다."

마도는 비탄에 젖은 한숨을 길게 토해내며 눈을 감았다. 마도의 시신은 먼지처럼 흩어지더니 사라졌고 세상은 아무 일도 없다는 듯 고요했다.

요하는 하림의 시신을 안고 눈물을 흘렸다. 요하의 맑고 청명한 눈물이 하림의 뺨 위에 떨어졌다. 그 순간 하림의 시신은 웃고 있는 듯 평온해졌다.

"하림장군, 당신은 아귀로 태어나 아귀로 살았지만 마지막 모습은 누구보다 인간의 모습이었습니다."

시신은 점차 사라지는가 싶더니, 희고 푸른 연기로 한동안 요하 옆에 머물다가 흩어졌다.

'우리 아귀들은 이곳에 육신으로 남지 못하지. 인간들은 보이는 것만 믿으려 하지만 사실 그건 진실이 아니야. 설명할

수 없고 말로 할 수 없는 일들이 사실은 가장 완벽한 진실이니까….'

마도의 죽음으로 요하는 흑마술에서 완전히 풀려났다. 인간으로 살았던 모든 기억들이 되살아났으며 천상에서의 기억들도 너무나 또렷했다.

'나는 가끔 교정을 거닐다가는 푸른 잔디 위에 철퍼덕 앉아서 구름이 지나가는 모습을 보며 이런저런 상상을 하고 엎드려 책도 읽었는데…. 영민이는 나의 제일 친한 친구였고 정수 선배도 참 좋은 사람이었지…. 나는 인간으로 살면서 참 많은 것을 누렸던 거야. 빛나는 태양도 나를 비춰주었고 밤하늘에 떠오른 달은 나에게 그리움을 알게 해주었으니까. 그것만으로도 삶이 더 이상 바랄 게 없을 만큼 행복했던 거야. 모든 것들이 완전했어. 그 순간 순간들이….'

요하는 영민에 대한 걱정으로 마음이 타오르며 애가 끓었다. 비로소 자신이 무슨 짓을 했는지 제대로 알게 되었다. 이미 영민은 영민이 아니었다. 젊은 시절의 맑고 순수한 영민의 영혼은 순혈의 피와도 같았다. 그것이 사라진다는 것은 삶의 근간이 모조리 부서져 내리는 악몽이 될 것이 뻔한 일이었다.

요하는 영민을 만나러 갔다. 영민은 마도처럼 비열한 눈빛에 탐욕스러운 얼굴을 하고는 요하에게 받아낼 것이 무엇인지를 계산하고 있었다. 요하는 슬픈 눈으로 영민을 바라보고는 떨리는 목소리로 말했다.

"영민 씨, 진심으로 저의 잘못입니다. 용서하세요."

영민은 난데없는 요하의 사과에 어리둥절했지만 잘된 일이라 생각했다.

'이런 끔찍한 몰골을 한 여자가 엄청난 부자라는 것은 참 불공평한 일이야. 이 여자의 돈을 모조리 빼앗아야 해. 돈이면 안 되는 일이 없는 세상이야. 이 여자가 나에게 뭔가를 잘못했다고 빌고 있는 이 순간이 가장 좋은 때가 왔다는 징조라고 할 수 있지.'

요하는 영민의 마음을 읽었고 깊은 슬픔에 빠졌다. 영민은 아귀처럼 눈동자가 번잡하게 움직였다.

"요하 씨는 정말 매력적인 사람이에요. 나는 살면서 당신같이 예쁜 여자는 처음 보니까요…."

"…."

요하는 영민의 손을 다급하게 잡았다. 영민은 시체 같은 요하의 손길이 닿자 소름이 끼쳤고 움찔하기까지 했다. 요하의 눈에는 맑은 눈물이 떨어지고 있었다. 인간의 눈물이었고 미안함의 눈물이었다.

"다시 모든 것을 돌려주겠어요. 나의 영혼은 힘을 잃어서 당신에게 되돌려주고 사멸할 수도 있지만 이제 내가 없어져도 좋아요. 인간이건 아귀이건… 이제 하나도 중요하지도 않아요. 영민 씨 눈에는 내가 괴물로 보일 거예요. 그렇지만 바로 내가 주애에요."

주애라는 이름에 영민은 이상하게도 숨이 멎는 듯했다. 요하는 영민을 껴안고 그에게 스무 살의 기억을 돌려주었다. 요하는 생명의 모든 숨결들이 몸 밖으로 빠져나가는 것을 느끼며 눈을 감았다. 그렇지만 천우제왕에게 자신도 모르게 말을 건네고 있었다. 천우제왕이 듣지 못하고 보지 못하더라도 그에게 꼭 해야 할 말이었다.

"약속을 지키지 못할 거 같아요. 그렇지만 저의 사랑과 믿음을 드립니다."

요하는 눈을 뜨지 못했고 그대로 죽은 듯 쓰러졌다.

영민의 기억은 새삼스럽게 확연히 돌아왔다. 괴물 같은 요하의 얼굴 속에 아름다운 주애의 얼굴이 있었다. 서로 너무나 다른 얼굴이었지만 분명히 요하가 주애였다. 갑자기 일어난 모든 일들에 놀랐지만 주애가 바로 요하라는 사실을 깨닫고 요하를 안고 병원으로 달려갔다. 영민은 다시 예전처럼 스무 살의 영혼이 지탱해주는 기운으로 이 세상을 살아갈 수 있었고 다시 사랑할 수 있었다.

'주애야. 니가 어떤 모습이건 상관없어. 괜찮아. 다시 살아나서 내 옆에 있어 줘.'

병원 응급실에 도착했지만 요하의 괴기스러운 얼굴을 본 의료진들은 놀란 표정을 감추지 못했다. 영민은 멍하게 서 있는 의사의 팔을 잡고 살려달라 애걸했다. 곧바로 정신을 차린 의사는 요하의 상태를 긴급히 확인하고 응급조치를 했지만 요하는 한동안 깨어나지 못했다.

요하는 잠자는 듯 보였지만 모든 기억들은 더 생생해졌다. 푸른 하늘이며 단풍나무가 붉어질 때의 놀람과 기쁨이며 도화지에 크레파스로 색칠을 할 때 느꼈던 살아 있는 느낌들…. 어느 것 하나 소중하지 않은 순간은 없었다.

요하는 꿈속에서 천우를 만났다. 천우는 요하에게 다가와 손을 내밀었다. 이제 모든 고통이 끝났다고 말해주며 조만간 찾아오겠다는 말을 남겼다. 요하는 천우의 넓고 따뜻한 가슴에 기대며 오랫동안 이어온 인연의 순간들을 가슴속에 담았고 천우에게 꼭 자신을 데리러 와달라고 말했다. 미소지으며 떠나려는 천우를 붙잡으려고 요하는 몇번이고 손을 내밀었다.

'내가 살았던 모든 순간들이 사실은 내가 선택한 것이었어.'

요하는 서서히 눈을 떴다가 힘겨워하며 다시 눈을 감았고 영민은 요하를 끌어안고 한참을 울었다. 인간에게 눈물은 고통이며 축복이었다.

아귀계로 들어온 자미는 그렇게 경멸하고 멸시했던 요하처럼 자신도 아귀로 변했음을 알았다. 분노와 울분 그리고 원한이 자미의 세포 하나하나에 새겨졌다. 이제 의지할 곳이라고는 천우밖에 없었다. 자미는 길에서 만나는 아귀들을 향해 괴성을 지르며 잡아먹을 듯 손톱을 세웠고 원한과 탐욕으로 눈동자에서 피고름이 흘러내렸다. 포악한 아귀들조차 슬금슬금 피하며 자미와 마주치지 않으려 기를 썼다. 한때는 천상에서도 가장 아름다웠던 자미를 보는 아귀들의 눈빛은 차마 못 볼 것을 본 것처럼 흉물스러워했고 두려워했다.

자미는 숨통이 막혀왔다. 천상에서의 공기는 더할 나위 없이 맑고 싱그러웠다. 뺨 위를 스치는 바람은 얼굴 안으로 스며들어 세포들을 살아나게 했고 매 순간 살아있음을 느꼈으며 가는 곳마다 아름다운 향기가 맴돌았다. 하늘의 북은 가장 아름다운 소리를 내며 사람들을 평화롭게 했다.

그렇지만 이곳의 공기는 숨을 쉴 수조차 없이 목구멍으로 뜨거운 기운이 빨려 들어왔고 그럴 때마다 고통으로 얼굴이 일그러졌다. 가느다란 한줄기 실바람조차도 기대할 수 없었다. 바람이라는 것이 아예 존재하지 않았다. 걸을 때조차 팔다리가 자유롭지 못했고 다른 아귀들처럼 뼈끼리 부딪치는 소리가 게걸스럽기까지 했다. 바닥은 너무 뜨거워 죽을 듯 아파왔고 화상을 입어 발바닥이 터져나갔다. 자미는 지나가는 아귀가 신고 있는 신발을 유심히 쳐다보다가는 그 아귀를 덮치고는 아귀의 목을 물어뜯었다. 물어뜯긴 아귀는 신음을 하면서 흰색 눈동자를 가진 자미의 얼굴을 보고는 두려움에 떨며 자미가 시키는 대로 신발을 벗어주고는 몸을 웅크린 채로 도망쳤다.

자미는 신발을 빼앗아 신고 절룩거리며 천우가 있는 아망성으로 향했다. 아망성은 멀리서도 웅장하게 모습을 드러내고 있었고 자미의 마음은 조급했다. 천우를 만났을 때 자신의 몰골을 보고 어떤 생각을 할지 상상만 해도 끔찍했지만 지금은 살아야 했다.

'나에게는 힘이 남아 있지 않아. 그렇지만 천우제왕은 나를 예전으로 돌려놓을 수도 있을 거야. 아니면 나도 요하처럼 인간계로 보내달라고 해야겠어. 그곳에서 인간들의 정기를 마시면 회복할 수 있을지도 몰라…. 천우제왕을 만나야 해….'

자미가 아망성 앞에 거의 도착했을 때는 가스등마저 모두 꺼졌다. 성문은 굳게 잠겨 있었고 누구 하나 거들떠보는 아귀도 없었다. 깊은 어둠 속 두 개의 달마저 모두 저물어 암흑이 아귀계를 뒤덮었다. 사악하고 무자비한 아귀의 얼굴을 가졌지만 자미는 점차 두려움을 느끼기 시작했다. 수만 가지 생각이 머릿속을 오고 갔다. 천상에서 바라본 구름의 아름다움이며 오색찬란한 연못의 자유로운 물고기들, 요하와 함께 향기로운 과일을 먹으며 근심 걱정 없이 웃던 날들이 스치고 지나갔다.

이제 다시는 돌아갈 수 없는 날들인지도 모른다. 그렇게 혐오하고 능멸했던 아귀의 모습으로 이곳에 있다니 믿을 수가 없었다. 사실, 자신을 구해준 요하가 고마운 적은 단 한번도 없었다. 그냥 요하가 필요했고 어리숙한 요하는 늘 다정했고 따뜻했다. 요하의 가장 큰 잘못은 호기심과 눈물이었으며 배신을 당했을 때조차 웃음으로 넘기는 멍청함이었다. 오지랖도 넓어서 인간계를 자주 지켜보던 요하는 인간계가 아귀계처럼 되어 간다고 걱정을 하며 잠을 이루지 못했다. 그런 요하가 천상을 떠나 인간계로 간다고 했을 때 자미는 기쁨으로 행복했다. 닥쳐올 요하의 불행이 자미에게는 말로 다할 수 없는 행복이었으니까. 천상에서 요하의 웃는 모습이 햇살처럼 빛날 때 자신은 늘 친구인 요하에게 비밀스럽고 살기 어린 저주의 낮과 밤을 보냈다. 갑자기 발바닥이 에이듯 아파왔고 자미는 뜨거움에 놀라 생각에서 깨어났다. 숨을 쉬는 것이 너무 고통스러워 몸서리를 쳤다.

'할 수 없지. 오늘은 성문 앞에서 잠을 자야겠군….'

자미는 앉아서 조금이라도 잠을 자려고 했지만 너무 뜨거워서 앉을 수도 누울 수도 없었다. 할 수 없이 성문 앞에 서서 분노를 삭이지 못하고 서성거렸다. 아귀계에 와있다는 사실을 아직도 받아들일 수 없었다. 문득 자신의 얼굴을 고통스럽게 매만지며 손바닥의 감촉으로 주름지고 말라붙어 있는 뺨을 느낄 뿐이었다.

'이건 그냥 악몽일 뿐이야. 현실이 아니야. 나는 다시 올라가야 해. 이곳은 내가 있을 곳이 아니니까. 천우제왕은 속으로는 나를 사랑하고 있을 거야. 얼마나 반가워할까. 천상으로 나를 데려다줄 거야. 그렇게 되면 이 흉물스러운 몰골도 다시 예전으로 돌아가겠지.'

톱니바퀴 성문은 쉬지 않고 맞물리며 돌아갔고 문을 두드릴 수도 없었다. 자미의 공허한 목소리만이 자주 허공을 돌아다녔다. 몇 날 며칠이 흘렀는지 알 수 없었다. 자미는 물 한 방울도 구하지 못했고 뜨거운 땅 위로 주저앉다가는 그마저도 오래가지 못하고 누워버렸다. 모든 감각이 마비되어 뜨거운지 차가운지도 알 수 없었고 밤인지 낮인지 구분하지도 못했다. 여기서 이렇게 죽는다면 더 괴로운 곳으로 가게 될지도 모른다는 생각에 살려고 발버둥쳤지만 아귀가 된 자미가 할 수 있는 일은 아무것도 없었다. 성문은 언제나 굳게 잠겨 있었고 성문 앞에서 아귀가 된 자신만이 죽음을 향해 걸어가고 있었다.

두 개의 달이 제 각각 자신의 빛을 발산하는 어느 날 낯익은 아귀가 자신을 향해 기어왔다. 재인이었다. 재인은 기다렸다는 듯이 쓰러진 자미 옆에 자신의 몸을 가만히 뉘였다. 자미는 재인을 알아봤고 온몸의 기운을 소진하며 재인을 쳐다봤다.

"왜 내 옆에 온 것이냐. 내가 누군지도 모르면서 함부로 옆에 눕다니."

그러자 재인은 원망을 쏟아냈다.

"너는 나를 망쳐버렸어. 내가 모를 줄 알고. 나를 유혹해 요하님을 배신하게 만든 게 바로 너잖아. 너의 모습이 달라졌어도 나는 성문 앞을 배회하는 너를 한눈에 알아봤지."

"내 유혹에 걸려든 것은 너의 욕심 때문이니 너 자신을 탓해야지."

"그래. 부정할 수 없는 사실이지. 그래서 보다시피 나는 배신의 대가를 치르는 중이야."

"재인, 너 같은 존재와 나는 처음부터 신분이 틀린 거야. 나는 다시 예전으로 돌아갈 거니까."

"너는 이미 아귀가 돼버렸어. 그걸 알아야지."

자미는 비웃는 재인을 노려보며 할퀴려 했지만 이미 온몸에 기운이 하나도 남아 있지 않았다. 재인은 쓴웃음을 지으며 말했다.

"나도 한때는 인간이었고 아귀로 살았어도 인간임을 잊지 않았어. 그분은 늘 나를 아름다운 사람이라고 말해줬지. 그렇지만 나는 나를 믿었던 사람을 배신했어. 참담하게도 나는 진짜 아귀가 되고 말았어…."

재인의 움푹 패인 두 뺨은 고통으로 일그러졌다. 재인은 자미의 죽어가는 얼굴을 고개를 돌려 쳐다보고는 숨이 넘어가는 고통을 느끼며 말했다.

"아귀가 된 천녀라니…. 내가 고통스러운 것은 천우제왕이 나의 배신을 알고도 나를 벌하지 않는 거야. 그렇지만 나는 더 이상 성 안에서 살 수가 없어. 양심이 내 심장을 조여왔고 숨을 쉴 수도 잘 수도 없었지. 성 안에 사는 아귀들은 나갈 때 성문이 저절로 열리니 나오는 길은 어렵지 않았어."

"배신은 너의 선택이었고 나는 강요한 적이 없어!"

"욕심이 나를 죽게 할 줄 몰랐으니까."

자미는 재인의 목소리가 점점 멀리 들렸다. 이제 아귀로서의 생도 종결지를 향해 갔고 시간은 얼마 남지 않았다. 너무나 뜨거웠는데 갑자기 추워졌고 한기로 몸이 시려왔다. 깊은 외로움과 두려움이 생의 마지막 호흡마저도 삼켜버리려 할 때 자미의 넋두리는 상여 소리같이 구슬펐다.

"이렇게 생이 끝나다니…. 집착이 나를 망치는 줄 알았다면 놓아버렸을 텐데. 나조차 나를 사랑하지 않았구나. 소중한 생을 왜 그리 허비했을까. 나는 왜 몰랐을까. 나를 사랑해준 존재에 대한 고마움을…."

자미의 눈에는 피고름이 떨어졌고 그대로 숨이 끊어졌다. 재인은 미움과 분노 없이 자미의 손을 잡았다. 재인의 눈에는 인간계에서 살았던 기억들이 스치고 지나갔다. 재인은 눈을 감았다.

두 아귀녀가 죽자 순식간에 아귀들이 냄새를 맡고 몰려들었다. 떼거리로 몰려든 아귀들은 서로 싸우며 아귀 시신을 향해 덤벼들었고, 덤벼드는 아귀를 향해 다른 아귀들이 팔다리를 물어 뜯었다. 괴성과 고함으로 뜨거운 공기마저 찢겨나갔고 비참한 주검 앞에 애도나 슬픔 따위는 없었다.

잠시 후 제왕 천우가 홀연히 나타났다. 제왕 천우가 나타나자 아귀들은 어쩔 줄 몰라하며 고개를 숙이고는 이내 땅에 엎드려 머리를 땅바닥에 부딪치며 여러 번 예를 표했다. 아귀들이라 할지라도 제왕이 마음만 먹으면 자신들은 일시에 먼지처럼 흐트러질 사나운 운명이라는 것을 잘 알고 있었다. 제왕 천우는 쓸쓸한 표정으로 자미와 재인의 시신을 말없이 지켜봤다.

영민은 요하를 보고 있었다. 요하는 가끔 눈을 떠 슬프게 허공을 바라보고는 소리 없이 눈을 감았다. 영민은 요하의 간호에 전념했다. 카페는 아르바이트생을 고용해 운영했고 자신이 해야 할 일도 서두르지 않고 차분하게 해나갔다. 그날도 요하는 죽은 사람처럼 잠을 잤고 영민은 요하의 잠자는 시간이 길어지는 것이 불안하기만 했다. 그렇지만 수액을 맞고 있는 요하의 심장이 뛰고 있는 것만으로도 안도의 숨을 쉴 수 있었다.

유난히 비바람이 거세게 불며 가을비가 쏟아지는 날, 병실로 한 남자가 찾아왔다. 병실 창문 밖으로 외롭게 서 있는 은행나무가 노란 잎을 떨어트리며 온몸으로 세찬 비와 사투를 벌이는 날이었다. 남자는 단정하게 머리를 뒤로 넘겼는데 단정한 이목구비에 신비로운 기운이 감돌았다. 영민에게 다가온 남자는 침대 위에 누워있는 요하의 얼굴을 한참이나 들여다보았다. 그 남자의 눈에는 금방 이슬 같은 눈물이 쏟아질 듯 슬퍼 보였다. 영민은 당황해서 벌떡 일어나 남자에게 물었다.

"누구를 찾아오셨습니까. 저는 초면입니다만 왜 그리 유심히 보십니까. 남의 침상에서 결례를 하고 계시는 겁니다. 찾고 있는 환자가 있으면 말씀해주세요. 제가 도와드릴 일은 돕겠습니다."

"저는 요하님을 찾아왔습니다. 그동안 요하님을 지켜주셔서 고맙습니다."

남자는 누워있는 요하를 애달프게 바라보며 마음속 말을 건넸다.

'그대가 떠날 때 잠깐 다녀오겠다고 했는데 이리 긴 시간이 흘러버렸소. 이제 당신의 자리로 돌아와야 합니다.'

요하의 얼굴에 미소가 설핏 스치고 지나갔다. 영민은 남자의 존재에 위압감을 느꼈다.

'이 남자가 주애를 아니 요하를 데려가면 어떡하지…. 혹시 가까운 사이였는지도 모를 일이야.'

영민은 타들어가는 목소리로 물었다.

"실례하지만 누구십니까. 요하는 지금 아무나 만날 수 있는 상태가 아닙니다."

영민이 남자에게 말을 하는 동안 비바람 소리는 더 거세져서 영민의 목소리는 초라하게 방 안을 맴돌았다. 남자는 영민에게 고개를 숙이며 정중하게 인사했다. 영민은 남자의 행동이 이상하게 느껴졌지만 처음 본 남자에게서 저항할 수 없는 품격을 느꼈다. 남자는 다시 요하를 슬픈 눈으로 쳐다보고는 영민에게 고개를 돌렸다.

"괜찮으시다면 잠시 저와 밖으로 나가시죠. 따로 드릴 말씀이 있습니다. 이곳은 아무래도 대화하기에 적합하지 않아서요. 병실 환자들이 불편할 수 있으니 나가서 말씀드리겠습니다."

"알겠습니다. 나가시죠."

영민은 요하의 이불을 매만져주고 다정하게 요하를 쳐다본 후 남자와 병실을 나왔다. 병실 밖은 언제 비바람이 불었는지 눈을 의심할 정도로 화창한 날씨로 바뀌었다. 땅은 촉촉이 젖어 있었고 가을 하늘은 한차례 비바람이 지나가서인지 맑고 상쾌했다. 영민은 실내에서는 느낄 수 없는 시원한 공기를 마시며 요하와 바깥 바람을 함께 느끼고 싶었다.

두 남자는 병원을 나와 거리가 멀지 않은 작은 공원으로 약속이나 한 듯 같이 걸었다. 걸어가는 동안 두 사람 모두 말이 없었다. 영민은 남자의 존재가 반갑지 않았고 왠지 이물질이 끼어들어 요하와 자신을 가로막을지도 모른다는 불안감을 느꼈다. 남자는 베이지색 긴 버버리를 입고 있었는데 가끔 바람에 옷자락이 휘날렸다. 남자는 이 세상 사람이 아닌 듯했고 걸어가는 모습이 스쳐가는 홀로그램 같았다. 공원은 작고 아담해서 벤치가 많지 않았다. 입구에 있는 벤치는 노숙자가 자리를 잡았고 조금 더 걸어가니 빈자리가 나왔다. 두 남자는 벤치에 앉았고 가을바람은 무심히 그들의 머리카락을 스치고 지나갔다. 영민이 먼저 남자를 향해 말문을 열었다.

"실례하지만 요하와는 어떤 사이십니까? 무슨 일로 오셨습니까?"

남자는 영민에게 미소를 지으며 대답했다.

"저는 천우라고 합니다. 요하는 저의 부인입니다. 요하가 여행을 떠난다고 했고 부부이지만 자신만의 시간이 필요하다고 생각했습니다. 그래서 우리는 떨어져 있었고 아내의 여행은 생각보다 길어졌습니다. 그리고 생각보다 많은 곳을 여행하게 되었고요. 제 아내를 지켜주셔서 고맙습니다."

영민은 천우가 요하의 남편이라는 말에 충격을 받았고 한동안 말이 없었다. 도무지 믿기지 않았고 혼란스러웠다. 천우는 영민의 마음을 헤아리며 말했다.

“갑자기 나타나 남편이라고 하니 의심스러우실 수 있습니다. 당연한 일입니다. 제가 요하를 데리러 올 때 요하가 말해 줄 겁니다.”

어차피 요하가 온전히 깨어나면 알 수 있는 일이었다. 지금의 요하는 가끔 눈은 뜰 수 있었지만 어떤 말도 하지 못했다. 병원에서는 언어를 담당하는 뇌 기능이 손상되었을 가능성을 얘기했고 앞으로도 말을 할 수는 없다고 했으니까. 이 남자의 말처럼 온전히 깨어난 요하가 말도 하고 웃을 수도 있다면 얼마나 좋겠는가.

“요하가 증명해주지 않으면 저는 요하를 보낼 수 없습니다. 천우 씨가 남편이라는 것을 법적으로 증명하셔도 됩니다. 요하라고 부르시네요. 요하에게 다른 이름이 있는데 알고 계시니요? 얼굴이나 모습이 많이 바뀌었는데…. 저로서는 갑자기 나타나서 이렇게 말씀하시니 도통 갈피를 잡을 수가 없네요.”

영민은 한참을 생각하다가 천우의 단정한 얼굴을 보며 말을 이었다.

“인사가 늦었습니다. 저는 요하와 대학 친구에요. 김영민입니다. 오해는 없으셨으면 합니다. 돌봐줄 사람이 필요했고 당연히 친구인 제가 나서서 요하를 도와야 했어요…. 그래도 남편이 오셔서 정말 다행입니다."

"고맙습니다."

영민은 선한 얼굴의 천우라는 남자에 대해 수많은 상상을 하고 있었다. 주애, 아니 요하와 언제 결혼했다는 걸까. 얼굴이 달라지고 만났을까 등의 의문이 쉴 새 없이 떠올랐고 여전히 혼란스러웠다. 천우는 영민의 마음을 꿰뚫어 보며 말했다.

"네, 요하는 요하로도 주애로도 늘 한결같은 사람입니다. 자신을 찾는 여행을 떠났고 이제 제대로 찾았는지 물어보려 합니다. 어려운 일을 겪으며 얼굴이 많이 바뀌었지만 제게는 늘 아름다운 사람이에요."

"저는 요하가 주애라고는 생각지도 못했습니다. 세월이 많이 흘렀고 대학 졸업하고는 만나지 못했으니까요."

모든 일들이 불현듯 자연스럽게 느껴졌고 요하의 남편이라고 하는 천우에게 경계심이 조금씩 허물어졌다. 요하를 버리거나 이용할 사람이 아니라는 생각까지 들었다. 영민은 깊은 슬픔과 잔잔한 기쁨이 교차하는 것을 느꼈지만 여전히 씁쓸했다. 요하와의 이별이 얼마 남지 않았을거라 생각하니 마음이 산란하며 무너져내렸다.

“요하는 당분간 이 병원에 머물러야 할 거 같습니다. 지금은 요하의 상태가 좋지 않습니다.”

“죄송하지만 요하는 이곳 사람이 아닙니다. 뭐라고 설명드리기 어렵지만 원래 우리가 살던 곳으로 가야 할 시간이 다가오고 있습니다. 요하의 몸은 자신이 왔던 곳으로 떠나야 할 때 다시 깨어날 겁니다. 그러니 걱정하지 마십시오. 제 아내는 이곳에서 많은 것을 배웠고 눈물도 많이 흘렸습니다. 그렇지만 그것은 제 아내가 신의 섭리를 만나기 위한 시련이었어요. 저는 그런 아내를 존경하고 사랑합니다.”

영민은 천우의 말을 알아들을 수 없었고 혹시 미친 사람은 아닌지 의심이 되었다. 천우에 대해서 불신과 신뢰와 의심이 반복되었다. 도대체 어디서 왔다는 것인지 더 물어보기도 어려웠다. 그렇지만 웬일인지 천우의 진심이 고스란히 다가와 영민의 가슴에 잔잔한 파동을 일으켰다. 영민은 천우에게 갖게 되는 호감과 요하를 데려가겠다는 낯선 남자에 대한 불안감으로 여전히 흔들렸고 굳어진 얼굴로 아무 말이 없었다. 천우가 무거운 공기를 깨트렸다.

“갑자기 나타나 이런 말씀을 드려 죄송합니다. 곧 다시 아내를 데리러 오겠습니다. 제 아내는 건강한 몸으로 회복될 겁니다. 다시 고향으로 돌아가야 하니까요. 그동안 감사했습니다. 이 고마움은 늘 기억하고 반드시 보답하겠습니다."

"요하의 남편이라 하시지만 믿어야 할지 잘 모르겠습니다. 어쨌든 요하가 남편이라는 것을 증명해야 보낼 수 있다는 것을 다시 말씀드립니다. 이건 염려되어 드리는 말씀인데… 요하가 그리 빨리 회복되기는 어렵습니다."

"네~ 말씀 이해합니다. 그리고 병원비는 미리 다 결제했습니다. 나중에 감사의 인사는 따로 할 날이 있을 겁니다."

천우의 말에 영민은 당황한 듯 한숨을 쉬었다.

"이미 요하에게 넘치도록 많은 것을 받았습니다. 더는 필요 없습니다."

"영민 씨는 참 좋은 친구입니다."

천우는 벤치에서 서서히 일어섰다. 영민은 천우라는 남자가 더할 나위 없이 매력적인 사람이라고 느꼈다. 그러나 저렇게 아픈 요하가 몸이 회복된다고 하는 것은 천우의 바램이거나 망상이거나 그의 과도한 희망일 거라고 단정지었다.

천우는 영민에게 악수를 청했고 두 남자는 헤어졌다. 천우는 맞은편 골목길로 걸어갔다. 영민은 사라지는 그를 멍하니 바라보다가 천우의 모습이 보이지 않자 걸음을 돌려 병원으로 향했다. 갑자기 젊은 날, 삶이 고통스러웠던 순간들이 떠올랐다. 끝없는 미지의 세상에 대한 공포, 현실과 이상의 괴리, 삶에 대한 두려움으로 아프고 힘들었다. 그토록 고통스러웠던 젊은 날에 이슬 같은 영혼과 구김 없는 마음이 어떻게 가능했을까. 영민의 마음은 다시 스무 살, 그때처럼 맑은 파동으로 되살아났다. 너무 많은 불행들이 연이어 일어났고 행복한 순간은 기억조차 없는 줄 알았다. 번민 속에 소중한 것들이 소복한 먼지 아래 묻혀 아예 존재조차 사라진 줄 알았다. 그런데 이제야 비로서 자신의 진정한 모습을 만나게 되고 삶의 소중한 것들이 빛처럼 떠올랐고 과거의 기억이 새롭게 되살아났다. 아픈기억이 아닌 오늘을 위한 필연적인 일들로 채워지니 지나간 일들이 환하게 빛을 냈고 더 이상 과거에 끌려다니지 않게 되었다.

조금은 가벼운 발걸음으로 누워 있을 요하를 생각하며 병실 안으로 들어갔을 때 뜻밖에도 요하는 아무렇지 않은 듯 평온하게 앉아서 영민을 맞이했다. 영민은 믿기지 않아 두 눈을 크게 뜨고 한걸음에 요하에게 달려갔다.

"요하야, 이렇게 일어나다니…! 정말 일어나 앉아 있어도 되는 거야? 몸은 괜찮아?"

요하는 고개를 끄덕이며 영민의 손을 잡았다. 영민은 굵은 눈물을 떨구었고 그의 가슴에는 천우의 말이 맴돌았다.

'자신이 왔던 곳으로 떠나야 할 때 다시 깨어날 거라 했었지….'

요하는 영민의 마음을 읽기라도 한 듯 평온하게 미소지었고 또렷한 목소리로 물을 마시고 싶다고 말했다. 오랫동안 묵혀 두었던 이야기들이 실타래처럼 풀어지는 날이었다.

인간계는 마도를 따라 온 아귀들로 어수선했다. 가끔은 그들의 쉰 목소리가 여기저기 떠돌았고 비틀거리며 걷는 남자의 목덜미에 달라붙은 아귀는 떨어질 줄 몰랐다. 차원의 문을 빠져나온 아귀들이 수많은 인간들의 영혼 속으로 파고들었다. 아귀들의 먹을거리는 차고 넘쳤지만 여전히 아귀들은 먹어도 먹어도 너무나 배가 고팠다.

아귀에게 영혼을 잠식당한 인간들도 늘 굶주렸다. 돈이나 재물을 손 안에 가득 쥐고서도 그들은 늘 허기졌다. 굶주린 그들은 더 많은 돈을 좇아가며 자랑질로 자신의 허기를 채우려 했다. 아귀들의 거친 쇳소리는 인간들을 유혹했고 아귀 인간들은 여기저기서 출몰하며 사악한 범죄와 고통을 낳았다. 그렇지만 그들에게 죄의식이라고는 눈곱만큼도 없었다.

세상은 기이하게도 거짓과 진술을 교묘하게 세 치 혀로 엮

어내는 사람들이 승자가 되고는 했다. 파렴치한 그들의 목소리는 간절하거나 진실된 호소로 위장되었고 가면을 쓴 그들의 모습은 청렴한 성직자의 모습처럼 숭고했다.

아귀들은 자신들의 손톱을 날카롭게 세우며 인간들의 목덜미 속으로 파고 들어갔고 굶주림과 위선, 허기와 거짓은 날이 갈수록 인간계에 파장을 일으켰다. 잔인하고 사악한 몸짓을 숨기려하지도 않았다. 경멸하고 조롱받는 일이 익숙해졌고 누군가를 쉽게 경멸하고 비아냥거리며 그런 경멸의 경박함에 만족스러워했다.

탈출한 아귀들은 탐욕스러운 인간만을 쫓아다니며 그들의 귓가에 온갖 사악한 일들을 주문했다. 아귀의 목소리를 들은 인간들은 그것을 자신의 생각으로 여겼고 더 표독스러운 탐욕으로 남의 것을 빼앗고 거들먹거렸다. 어둠 속에서 살아있는 사람의 숨결을 마시며 그의 목덜미를 끌어안고 달라붙은 아귀는 경박하게 속삭였다.

"뒤통수를 제대로 치는 일은 나쁜 일이 아니야. 다들 그렇게 살고 있는데 너라고 특별하게 정직하다거나 도덕적이라는 낡은 생각을 할 필요는 없는 거지. 이제 너의 인생은 한 방에 역전하는 거야. 너에게는 그럴 힘이 있어. 사람들은 한 번 거짓

말을 하면 미심쩍어 하다가도 큰소리치며 여러 번 속이기 시작하면 당연하다는 듯 속아 넘어가니까. 아둔한 저것들을 탓해야지. 너는 다만 너의 욕망에 조금, 아주 조금 충실한 거지. 욕망에 충실한 것은 솔직한 거니까. 자, 힘을 내서 제대로 뒷통수를 치고 이제 제대로 가지고 싶었던 것을 만끽해 보는 거야."

아귀의 목소리를 들은 인간들은 겉모습은 인간이지만 아귀가 되어갔다. 그렇게 인간아귀가 생겨나기 시작했고 서로 싸우기 시작했다. 천우는 자미의 배신을 알지 못한 채로 이 모든 일들이 차원의 문을 제대로 지키지 못한 아귀계의 제왕인 자신의 책임이라고 생각했다.

탈출한 아귀들이 자신들의 세상을 만들어 가고 있을 때 그들이 가장 무서워하는 천우제왕이 나타났다. 아귀계를 탈출해서 인간들과 재미를 보고 있던 아귀들은 두려워 달아나다가 막다른 곳에서 기다리는 천우를 보고는 부들부들 떨기 시작했다. 천우는 천상에 있을 때부터 늘 지니고 다니던 무검을 들고 아귀들을 색출했다. 시퍼런 칼날이 번뜩 일 때 아귀들이 가장 무서워하는 공포스러운 천상의 북소리가 천둥처럼 하늘과 땅을 뒤흔들었다. 아귀들은 고막이 찢어지는듯한 아픔으로 귀를 틀어막으며 고통스러워했다. 그렇지만 소리는 점점 더 크게 들렸고 아귀들의 비명소리는 요란하게 허공을 맴돌았다.

"왜 이러시는 겁니까. 우리는 열린 문으로 이곳에 왔을 뿐이에요. 그리고 인간들은 우리와 다를 것이 없습니다. 저것들도 늘 배고파하니까요. 차라리 우리 아귀들이 이곳에 몰려와 인간계를 아귀계로 만든다면 제왕께서는 커다란 영토를 하나 더 가지게 되는 겁니다. 제왕께서는 우리의 충성스러운 마음을 알아주셔야 해요."

"그렇습니다. 제왕이시여. 우리를 이곳에 살게 해주세요. 제왕께 영원한 충성을 바치겠습니다."

"제왕께서는 인간들이란 것들이 정녕 보이지 않으십니까. 우리보다 더 아귀 같은 인간들이 넘쳐나고 있습니다. 아귀세상은 확장되고 있어요. 우리가 해낸 일입니다. 우리 대신 인간들을 데려가세요. 아귀들의 제왕께서 기뻐하실 일이니 저희를 칭찬해주셔야죠."

그러자 대장으로 보이는 아귀가 중얼거리듯 원한 맺힌 두 눈을 들어 천우를 노려보며 말했다.

"나는 아귀계로 가지 않을 거다. 나에게는 이곳이 낙원이고 이곳이 천국이야. 왜 내가 너한테 끌려가야 하는데. 난 이곳을 떠나지 않을 거야.”

저항하던 붉은 눈의 아귀는 욕설을 퍼부으며 공중으로 몸을 치솟아 도망치려 했지만 천우는 칼등으로 그를 찍어 눌렀다.

“한 번만 더 너의 요망한 주둥이를 놀린다면 그때는 죽일 것이다.”

자신들을 이끌었던 아귀가 맥없이 주저앉자 다른 아귀들도 하나둘씩 천우제왕에게 제압당했다. 더러 천우에게 증오의 말을 퍼붓는 아귀도 있었지만 아귀계의 입구가 열리게 되면 부들부들 떨면서 천우에게 살려달라고 빌었다. 천우는 제왕으로서 온 힘을 다해 인간계에 있는 모든 아귀들을 다시 제자리로 돌아가게 했다. 그것이 요하와 자신의 행복을 위해 해야 할 일이기도 했다. 그렇게 삼 일 밤낮이 지나갔다.

지친 천우는 자신의 무검에 묻은 아귀들의 피를 닦아내며 도심 한가운데 외로이 서 있었다. 깊은 밤이었지만 거리는 불빛으로 화려했고 지나다니는 사람들은 여전히 분주했다. 천우는 깊게 한숨을 몰아쉬었다.

“이제 요하에게 갈 수 있어.“

천우는 병원 앞에 서 있었다. 아귀들의 혼돈을 정리한 천우의 걸음은 가벼웠다. 요하의 병실 문은 열려있었고 6인실에 있는 환자들은 서로가 다정한 친구가 되었기에 방 안의 분위기도 바깥의 햇살처럼 따사로웠다. 요하는 그곳에 있는 환자들과 마지막 인사를 나누었다. 천우가 병실 안으로 들어갔고 요하와 눈이 마주쳤다. 요하가 천우를 바라보는 순간은 세상 모든 것들이 격하게 소용돌이치고 사납게 부딪치다가 이내 모든 노여움을 잊고 갑자기 세상이 멈춘듯한 시간이었다.

사람도 시간도 공간 안에 있는 공기들의 일렁임조차 기별없이 멈추었다. 곧이어 요하가 미소지었고 어느새 모든 것들이 제자리로 돌아왔다. 간호사들의 분주한 목소리, 환자들의 신음소리가 다시 들렸고 밖에서는 무심한 참새들이 지저귀었다. 병실로 들어오는 천우를 향해 요하가 손을 뻗으며 환하게 웃었다.

"이제 오셨군요. 떠날 시간이 됐네요."

천우는 고개를 끄덕이며 품에 요하를 가만히 안고 한동안 아무 말이 없었다. 요하는 가만히 눈을 감았다. 두 사람을 지켜보던 영민의 눈가가 촉촉해졌다.

"가장 친한 친구인 요하를 보낼 준비가 되었습니다."

요하는 영민의 말에 환하게 웃었다.

"영민아, 그동안 고마웠어. 우리가 지금 헤어지지만 언젠가 다시 만날 날이 있을 거야."

요하는 여전히 아귀의 얼굴을 하고 있었지만 이 세상 향기가 아닌 미묘한 향이 흐르고 있었다.

천우와 요하는 한동안 달빛을 받으며 서 있다가 아귀계로 돌아갔다. 차원의 문 앞은 강휘가 죽고 나자 삼십 명의 장군이 단단히 무장을 한 채 빈틈없이 지키고 있었다. 기다리던 장군들은 천우와 요하가 나타나자 기쁨에 겨워 환호성을 질렀다.

"제왕이시여, 이제야 돌아오셨습니까."

"그동안 장군들께서 고생이 많았소."

"잠시 차원의 문을 소희장군에게 맡기고 내 처소로 같이 가십시다."

"네, 제왕이시여."

제왕의 처소에는 천우를 기다리는 천인이 있었다. 청하였다. 청하는 천우를 보자 무릎을 꿇고 감격의 눈물을 흘렸다.

"이런 날이 올 거라 생각했습니다. 다시 뵙게 되니 한량없는 기쁨으로 가슴이 벅차오릅니다."

청하는 처음에는 요하를 몰라봤지만 요하의 눈빛이 풀잎처럼 향기롭다는 것을 느끼며 깜짝 놀라 허리를 굽혀 정중히 인사했다.

"오랜만에 인사 올립니다. 요하님의 고행에 고개를 숙일 뿐입니다."

요하는 천우 옆에 당당히 서 있었고 청하의 인사에 미소로 화답했다. 아귀들은 천우가 다시 돌아온 것을 기뻐하며 활기차고 분주해졌다. 천우제왕은 청하에게 가까이 오라고 손짓했다.

"미리 네가 온다는 언질을 했어도 불편함이 있었을 것이다. 그동안 고생이 많았다. 이제 그분을 모셔 오너라. 빨리 만나고 싶구나."

청하는 잠시 고개를 숙이고 제왕의 처소에서 물러났다가 늙은 아귀와 함께 들어왔다. 늙은 아귀는 한쪽 눈을 천으로 동여매고, 찢어진 허름한 옷으로 몸뚱이를 가렸지만 자신의 몰골에 신경조차 쓰지 않았다. 무언가에 공격을 받았거나 약물이나 독극물을 잘못 만져서인지 머리카락은 갈기처럼 사납게 뻗어 있었다. 그러나 볼품없는 행색과 한쪽 눈으로도 당당한 표정은 감출 수 없었다. 늙은 아귀는 허리를 숙여 천우제왕에게 인사했다.

천우제왕은 늙은 아귀에게 다가가 잠시 멈춰서더니 그의 손을 잡고는 오랜 세월 만나온 친구처럼 따뜻한 목소리로 맞이했다.

"검은숲으로 가서 그대를 모셔 오라 했소. 아귀들의 새로운 생을 위해 부단히 애썼구려. 이제 아귀의 제왕으로 이곳을 청량한 물이 흐르는 곳으로 만들어 주시오."

늙은 아귀는 고개를 들어 천우제왕을 바라봤고 요하는 낯익은 모습에 탄성을 질렀다. 모습이 바뀌었어도 긴 세월 눌러놨던 그리움이 생생하게 올라왔다.

"대장, 대장 맞죠? 살아계셨군요. 어쩌다 눈을 잃으셨어요? 괜찮으신 건가요."

"요하, 네가…. 살아 있었구나."

대장과 요하에게 소중했던 삶의 순간들이 떠올랐다. 그동안 서로가 닮은 듯 다른 모습으로 생의 고비를 넘어왔을 것이다. 다시 만난 기쁨을 애써 가라앉히며 대장은 천우의 제안에 답을 해야 했다.

"제왕이시여. 저 같은 아귀에게 너무 과분한 일입니다. 말씀을 거두어주소서. 저는 제왕이 될 자격이 없습니다."

대장은 자신의 과거를 떠올렸다. 굶주림으로 혐오를 부추기며 증오를 불러오게 했던 날들, 증오가 가진 파괴력으로 제왕의 자리를 유지했고 효과적으로 증오의 유희를 즐겼다. 그러나 자업자득이라 했던가. 자신도 증오와 혐오, 불신의 칼날로 무너졌다. 대장은 부끄러움으로 얼굴이 붉어졌고 천우는 대장의 마음을 알고 있다는 듯 고개를 내저었다.

"아니오. 그대는 고행의 땅 검은숲에서 아가파의 광맥을 발견했고 아귀들은 그대로 인해 목마름의 고통을 이겨낼 수 있게 되었습니다. 제왕이 되기에 충분합니다. 잘 알고 있겠지만 아귀의 땅에는 해결해야 할 문제가 산적해 있어요. 그대만이 이 일을 해낼 수 있습니다."

"우리들의 제왕이시여. 저는 늙었고 아귀들을 이끌 지혜가 없습니다. 게다가 실패한 왕이었습니다. 이렇게 중요한 시기에 어찌 저같이 우매한 아귀에게 영광을 주시려는 겁니까."

요하는 굳어진 대장의 얼굴에서 고통과 수심, 절망을 느꼈다.

"대장이 필요합니다. 우리에게 대장으로서도 훌륭했습니다. 부디 맡아주세요."

대장은 요하의 말에 용기를 얻었고 말없이 고개를 끄덕였다.

천인에 대한 자부심이 컸던 청하는 눈앞의 광경을 놀라움으로 지켜봤다.

“천신의 뒤를 이어 제왕이 되시는 분이 아귀라니… 스승님과 요하님다운 결정이십니다. 저는 소임을 마쳤으니 먼저 돌아가 있겠습니다. 부디 서둘러 오소서.”

“그래, 먼저 돌아가거라.”

청하가 처소에서 나가자 천우제왕은 대장에게 제왕의 자리를 물려주기 전 할 일이 있다며 오랫동안 닫혀있던 죽음의 방으로 들어갔다. 죽음의 방은 썩지 않는 아귀제왕의 시체들이 물건처럼 진열된 방이었다. 온전히 죽지 못했던 시체들은 역청과 소금 그리고 향료로 시신을 건조시키고 방부처리해 보관되었다. 역겨운 냄새가 진동했고 아귀장군들조차 재앙이 몰려올까 두려움에 떨었다. 대장은 오랜 세월의 악습을 떠올리며 눈을 감았다. 천우제왕의 결심은 확고했다.

“시신들을 화장하고 땅으로 돌아가게 할 것이다. 이제 아귀들은 걸신들려 살던 죽음의 과거가 아닌 현재를 살게 될 것이다. 먹어도 먹어도 배고픈 삶이 아니어야 한다. 죽이고 빼앗는 갈망은 이제 끝을 내야 한다. 죽은 자들이 행했던 악습들은 이제 땅속에 묻힐 것이다."

모든 일들은 신속히 진행되었다. 두 개의 달이 뜨는 날 요하는 제단에서 화장된 유골을 흩뿌렸다. 아귀들은 숨죽이며 모든 과정을 지켜봤고 아무 일도 일어나지 않았다. 아귀들은 그동안 배고픔과 굶주림을 당연한 것으로 여기며 등에 이고 살았고 죽은 자들의 망령은 끝없이 되살아났다. 죽은 자들이 기괴하게 산 자의 행세를 하며 배고파할 때 살아 있는 자들은 매일 서로를 죽여야 했으니까.

다음날 아귀장군들이 소집된 가운데 천우제왕과 요하는 대장에게 서약이 새겨진 돌판을 건넸다. 대장은 무거운 돌판을 들고 세상 가벼워진 미소로 기쁨을 감추지 않았다. 천우제왕은 결의에 찬 목소리로 말했다.

"백성들을 성 앞으로 모이게 하라. 이제 제왕의 자리를 대장에게 넘겨야 할 때가 왔다. 모두와 기쁨을 함께하고 싶구나."

"네! 분부 받들겠습니다."

"앞으로 자네들이 새로운 제왕을 잘 보필해야 할 것이네."

장군들의 굳건한 목소리가 쩌렁쩌렁 울렸고 모두가 축제를 준비하기 위해 처소에서 물러났다.

드디어 천우와 요하만이 고요히 마주했다. 고통 속에서 수 없이 넘어지고 몸부림쳤지만 길들여지지 않고 자신의 길을 걸으려 했던 요하였다. 천우는 요하의 선택을 믿어주고 지켜줬다. 천상에서보다 아귀계에서 더 굳건해졌고 서로를 깊이 이해하게 됐다. 천우가 먼저 말을 건넸다.

"우리는 아귀계에서 결혼식을 올리고 여우 울음이 들리면 즉시 돌아가야 합니다."

천우의 말에 요하는 깊은 신뢰와 사랑을 느꼈지만 과거로 돌아가고 싶지 않았다.

"저는 결혼하고 싶지 않아요. 연인이자 친구로 우리의 삶을 새롭게 시작해요. 그렇지만 당신을 사랑하는 마음은 그대로입니다."

천우는 주름진 요하의 이마에 입을 맞추고 그녀의 메마른 손을 다정하게 잡았다.

"그대를 향한 사랑으로 늘 함께 할 것입니다. 그대가 부부의 인연을 원하지 않으니 그대로 좋습니다."

요하와 천우는 고향으로 떠날 시간이 다가오고 있음을 알았고 더 깊고 아름다운 인연으로 이어질 것을 예감했다.

새로운 제왕의 탄생을 위해 아귀들이 성 앞으로 몰려들기 시작했다. 천우와 요하도 대장과 함께 거대한 탑 위로 올라갔다. 날카롭게 솟은 거대한 탑은 오늘만큼은 위압적이지 않았으며 아귀들의 눈은 탑을 향하고 있었다. 천우와 요하 그리고 대장이 함께 서 있었다. 아귀들은 환호했다. 모두가 손을 흔들며 자신도 모르게 무언가를 기도처럼 중얼거렸다.

“한순간이라도 고통 없이 살고 싶어.”

이제 목마름으로 죽고 죽이는 일은 없어질 거라 했다. 아가파는 모두가 함께 누릴 수 있으며 아가파의 독점은 금지된다고도 했다. 악몽 같은 현실이 무너져내렸고 벼랑 끝으로 내몰렸던 굶주림의 상처가 아물기 시작했다.

아귀들은 요하의 모습을 보며 자신들이 흉악한 존재가 아닐지도 모른다고 여겼다. 분명히 아귀의 모습인데…. 요하의 모습은 아름다웠다. 주름지고 구멍이 패인 얼굴, 말라비틀어진 팔다리, 듬성등성 나있는 머리카락까지 확실히 괴기스러운 아귀의 얼굴이지만 무언가 달랐다. 요하는 인간의 얼굴을 한 아름다운 천우제왕 옆에서, 높고 낮음이 없이 함께 빛났다. 기묘하게도 요하의 모습은 품위와 고결함으로 아귀계를 압도했다. 요하의 미소가 그들의 가슴속 더러운 피를 걷어내고, 순혈의 피를 만들어 내는지도 모를 일이었다. 이제 그들은 전설처럼 떠돌던 이야기, 요하의 피가 피고름이 아닌 인간과 같이 맑은 피로 흐른다는 소문이 진실이라고 받아들였다. 모든 기적 같은 일들이 어쩌면 매일 일어나고 있었으며 환희로움은 그들의 심장을 새롭게 뛰게 했다.

그들의 가슴에 작은 꽃잎들이 춤을 추듯 설레임으로 차올랐다. 뜨거운 아귀계에 처음으로 한 줄기 바람이 스치고 지나갔다. 모든 아귀들이 바람을 느꼈고 시원한 공기가 한차례 그들의 부르터진 피부를 스치고 지나갈 때 탄성이 터져 나왔다. 적어도 이 순간만큼은 고통이 사라지고 새로운 기운이 스며들었다.

우리 아귀들도 바람을 느낄 수 있다니! 모든 아귀들은 엎드려 천우제왕에게 감사의 절을 올렸다. 그들의 눈에는 피고름이 아닌 맑은 눈물이 흘렀고 처음으로 배고픔을 잊었다. 이상하게도 배가 고프지 않았다. 육신이 배가 고픈 것이 아니라 자신들의 영혼이 늘 굶주렸다는 자각이 일어났다. 처음으로 해방된 자의 기쁨이 그들을 압도했다.

천우제왕은 아귀들을 향해 말했다.

"이제는 새로운 제왕이 그대들과 함께 할 것이다. 그러나 그대들에게 왕이 필요 없는 세상이 올 것이며 그대들 스스로 모두가 존엄한 왕이 될 것이다."

제왕의 말이 끝나자 아귀들에게 요하의 당당한 목소리가 파장을 일으키며 영혼의 배고픔을 달랬다.

"언젠가 우리, 다시 만날 거예요. 고마웠습니다."

요하와 천우제왕은 뒤돌아서더니 홀연히 사라졌다. 아귀들은 사방을 두리번거리며 요하와 천우제왕을 찾았지만 어디서도 찾을 수 없었다. 이내 그들 가운데 누군가가 천우제왕과 요하를 서럽게 부르기 시작하더니 이윽고 뜨거운 외침으로, 함성으로 퍼져나갔다. 사람으로 살려 했던 요하의 몸부림이 전설이 된 날, 아귀로 태어났어도 아귀로 살지 않겠다는 그들의 다짐은 한 줄기 바람이 되어 오그라든 등줄기를 식혀주었으니까. 이제 바람이 더 이상 불지 않았다. 다시 뜨거운 공기가 숨구멍을 틀어막았다. 그러나 아귀들은 단 한 번뿐이었던 바람의 기억을 영원히 놓지 않았다.

작가의 말

인생은 때로 비탄과 절망, 슬픔으로 가득합니다. 그러나 우리는 현재를 온전히 살며, 자유를 찾아 나선 길에서 기쁨을 느낍니다. 글을 마치며 감사한 분들을 생각합니다.

아귀천녀를 읽어주신 독자들께 마음 깊이 감사드립니다.

글을 쓰는 동안 존경하는 마음의 스승님이 세상을 떠나셨습니다. 제게 용기를 주시고 이끌어 주셨던 스승님께 감사의 마음을 올립니다. 모여든 사람들이 스승님께 마지막 인사를 올리던 날, 햇살이 환하게 비추면서 눈이 내렸습니다. 그날, 세상은 더할 나위 없이 거룩했고 찬란한 슬픔이 가득했습니다. 스승님께서 우리에게 주신 사랑과 가르침은 요하가 등에 지고 가던 돌판처럼 굳건히 새겨져 사라지지 않을 것이라 믿고 있습니다.

또한 힘겹고 고달픈 세상 살이에도 인간으로서의 사랑을 잃지 않고 온기를 나누며 살아가는 분들께 마음 깊이 경의를 표합니다.

늘 격려해주시고 응원해주시는 가족과 선생님들께도 감사드립니다. 아울러 북이십일 출판사에 고마운 마음을 전합니다.

KI신서 13567

차원의 문을 지나는 자

1판 1쇄 인쇄 2025년 4월 23일
1판 1쇄 발행 2025년 5월 2일

지은이 이지현
펴낸이 김영곤
펴낸곳 (주)북이십일 아르테

편집팀 정지은 박지석 김지혜 이영애 김경애 양수안
마케팅팀 남정한 나은경 한경화 권채영 전연우 최유성
영업팀 한충희 장철용 강경남 황성진 김도연
제작팀 이영민 권경민 **디자인** 이찬형

출판등록 2000년 5월 6일 제406-2003-061호
주소 (우 10881) 경기도 파주시 회동길 201(문발동)
대표전화 031-955-2100 **팩스** 031-955-2151

ISBN 979-11-7357-277-7 03810

(주)북이십일 경계를 허무는 콘텐츠 리더

아르테 채널에서 도서 정보와 다양한 영상자료, 이벤트를 만나세요!

인스타그램 instagram.com/21_arte
instagram.com/jiinpill21
페이스북 facebook.com/21arte
facebook.com/jiinpill21
홈페이지 arte.book21.com
book21.com

책값은 뒤표지에 있습니다.